NATIONAL GEOGRAPHIC

国家地理神话故事宝库

埃及神话

[美国] 唐娜·乔·纳波利 著
[英国] 克里斯蒂娜·巴利特 绘
丁骏 译

译林出版社

前言

人类靠太阳活着，太阳给人们光明和温暖。人也依靠淡水生存，没有什么动物或植物能脱离水而存活。当代农民依然关注太阳和淡水，因为靠这两样才能让植物生长，城里人可能不会关心那么多——我们打开墙上的一个开关，就有了光；我们拧开水龙头，水就流出来了。但是在古代，每个人都关注太阳和淡水。

千百万年前，人类就曾游荡穿越尼罗河河谷。直到公元前 7000 年，人类才在那里定居下来。他们形成一个个小部落，分散居住。他们觅食、狩猎、饲养被驯服的动物，比如牛和羊。那时候，埃及，尤其是尼罗河河谷以西，气候温和湿润，有茂盛的草地，可以放养动物。

但是后来气候变得干旱，那里的热带稀树草原大面积缩小，沙漠随之出现。野生动物为了饮水，只能到更靠近尼罗河的地方活动。人们跟着动物一起迁徙。很快，尼罗河上下游沿岸都出现了城市。大约到公元前 4000 年，人们转向农耕，生产粮食。也许因为已没有足够的植物继续畜牧，也许因为他们从异族人那里学习了农耕：无论出于哪个原因，农耕意味着他们可以养活大量人口。于是城市扩大，且逐渐稳定。

埃及农民在三个时节耕种。一个是洪水季。尼罗河溢出，漫过河堤。等洪水退下后，会留下湿润的淤泥。淤泥富含矿物质，让土地变得肥沃。接下来是种植和生长季。最后是炎热干燥的丰收季，农民们收割作物的时节。

在古代埃及神话中，太阳神瑞掌管这些时节。毕竟，他经过天空带来白昼，而他进入地府便是黑夜。因为瑞的光芒，庄稼生长。埃及人的生活模式完全依靠瑞。

埃及神话所反映的正是这一点。瑞是最早的神之一，在古埃及漫长的历史中他始终是一位重要的神。其他大多数神也都是经由瑞而来。他的舌头、他的眼睛、他的唾液，甚至他的呼吸——这些都可以进一步衍生，成为独立的男神、女神。瑞的思想和语词创造万物。从瑞的泪水中产生了最早的人类。这么看来，也许埃及人其实只信奉一位神——太阳神——只是他可以变幻出不同的身份形态。

埃及名字的历史

今天，我们很难知道古埃及人是如何称呼他们的神的，因为他们在不同时期书写名字的形式不一样，难免会失落重要的信息。比如，在最早的象形文字中，大地之神特胡提的名字是这样的：

第一个符号，鹮，是特胡提的圣鸟。第二个符号上面代表“top”中的第一个音：这就告诉我们他的名字是以 t 开始的；下面的符号代表“yet”中的第一个音。最后一个符号表示这是一个神的名字。

到了古王国时期（公元前 2575—前 2125 年），鹮常常被其他三个符号代替：

“蛇”代表“June”的第一个音。“扭麻花”代表很粗的 h 音，就像我们擦玻璃前对着玻璃哈气时发出的声音。“鹌鹑雏鸟”则代表“glue”中 l 后面的音。

到了中古王国时期（公元前 2010—前 1630 年），第一个音节常常被  代替，表示“dog”中的第一个音。及至后期（公元前 664—前 332 年），第一个符号成了 ，代表的也许是“tell”中的第一个音，或者是第二个音。

所以特胡提名字的首音改变了三次。至于他名字中的其他音节，语言学家们仍有争议。

希腊人入侵时，埃及人用自己的表音文字记录神话。但是埃及人和希腊人语言中的音节并非一一对应，所以只能大致转译。而且，与早期埃及的拼写相比，希腊拼写建立在更现代的读音上。

本书中的名字我选择了更古老的埃及名字，尚未经历希腊化的渗透：因此才有特胡提。无论如何，我还是称这个国家为“埃及”，而不是鲜为人知的古代名字“黑土地”。也因为大家更熟悉希腊名字，我提供了下面这个表格，为目录和每章开篇中诸神的名字列出埃及和希腊名做对照。

埃及名	希腊名	埃及名	希腊名
Ra 瑞	Helios 赫利俄斯	Heru Wer 赫鲁维尔	Horus the Elder 大荷鲁斯
Set 塞特	Seth 塞斯	Hut Heru 哈特希露	Hathor 哈托尔
Aset 阿塞特	Isis 伊西斯	Sekhmet 塞赫美特	Sachmis 萨赫弥斯
Usir 乌西亚	Osiris 奥西里斯	Nit 妮特	Neith 奈斯
Nebet Hut 妮布胡特	Nephthys 奈芙缇斯	Khnum 赫努姆	Chnoumis 克努米斯
Heru Sa Aset 赫鲁萨阿塞特	Horus the Younger 小荷鲁斯	Sobek 索贝克	Souchos 索克斯
Inpu 尹朴	Anubis 阿努比斯	Bastet 巴斯泰托	Bast 巴斯特
Tefnut 泰芙努特	Tphenis 泰芙妮斯	Imhotep 伊姆霍特普	Imuthes 伊姆特斯
Tehuti 特胡提	Thoth 托特		

目 录

瑞

赫利俄斯

光明之神

瑞（赫利俄斯）光明之神

最初，时间尚未出现，水遍布四方，还没有定出真正的方向——因为没有上，也没有下；没有东，也没有西；没有内，也没有外。这水冰冷、无色。潮湿的空无发出“呜呜呜呜呜呜……”的声音。无，空无一物。这就是宇宙，不过是一片空无的混沌。因为只有一个实体，所以不存在秩序的混乱：宇宙必然是有秩序的。一个点，一个圈，一个球，它们内部既无开始，亦无结束——完全的一致性，完美的秩序。

然而有一些东西是不喜欢秩序的。秩序可以被暂时容忍，但是怎么可以这样没完没了？无限的秩序？！多么难以言喻，简直无可忍受。真是无聊！

一个打破秩序的征兆出现了。轻轻一戳，空无的宇宙之球被戳破了；接着又是一下，更重一些；然后是清晰的敲击声，越来越多了。不停的敲击，打破了那呜呜声，水被搅动了。先是很难察觉，随之起了小波澜，更大的波浪，继而大浪滔天，直至海啸，然而仍然有样式，仍然有秩序，一浪接着一浪，间隔有序。“嘭嘭嘭嘭”。

随着这振动声，一颗心脏形成了，因为每一种律动都唤起一种起源。

这颗心里包藏着一个想法。毕竟，有人是用头思考，也有人是用心思考。这是一个属心的想法。

啊，最初的，也是深邃的无序：思想。

语言：真正的起源

大多数生命形态需要水，所以埃及的起源故事里有一个巨大的水团，这很有道理。然而令人震惊之处是语词的重要性。今天，很多科学家认为人类真正起源于语言的发展。也许古人强调的也并非生命的创造，而是人的创造。

日落时强烈的海浪展现了水的威严和力量

这个单一的想法飞快蹿动着，越来越快，越来越热，最终燃烧成了语言。瑞神诞生了，嘴里含着一个呼之欲出的词。更多词如泡泡般冒出来，他的嘴里已经满是词汇。它们踩踏瑞的舌头，挤压他的牙齿、嘴唇。他有那么多词要一一念出来。这需求击打着他。从这需求中长出了肺、一个声匣，以及让声匣移动的肌肉。瑞大吼一声，迸出第一个词，一遍又一遍，这些呼喊向上升起，形成炙热的一团，随着一阵火光四射的炸裂，终于从“虚无之水”中喷射而出。

这就是最初的苍穹，被瑞称之为“蹦蹦”的一团造物——从一个尖头开始，就像火山口。瑞志得意满地站在这造物之上，他知道自己必须再说点什么。因为他的声音中包藏着一切造物。他必须创造，他永远不能停止创造。

瑞吐了一口唾沫，出自他体内的这团湿气变成了女神泰芙努特，而推动这团湿气的呼吸之力变成了大气之神，舒。这是瑞的新嘴和新肺的产物。

那么现在就有了三位个体，脱离了那团巨大的“虚无之水”的三位神祇。三位组合的感觉真棒：坚实，不可战胜的平稳。三者背靠背，可以同时面对一切。三者同在，也意味着可以同时探索三个维度。尽管没有音乐，也还没有色彩，瑞敏锐地感知到“三”在某个层面所包含的他尚未理解的可能性。

但是，比可能性更让人惊喜的，是现实性。生命是重要的，身为父亲意义重大。瑞为他的自我创造而欢欣，为他自己又创造了女儿和儿子而欢欣。这是一个好的开始。啊，一切都是水所孕育的。啊，真是这样呢。

舒和泰芙努特，两个血统高贵的孩子，常常一起玩耍。他们绊倒对方，也互相拳打脚踢。他们滚来滚去，拍打对方。他们就像小狮子，而瑞就像一头无比巨大

瑞、由他唾液而生的女儿泰芙努特，以及由他呼吸而生的儿子舒，这三位既合而为一又各不相同。他们构成了埃及神话中的很多三位组合。

瑞（赫利俄斯）

却耐心十足的雄狮父亲。当孩子们追逐戏耍他的尾巴，或是梳理他的鬃毛时，他便心满意足地待在原地——当然了，那时候还没有狮子，只有在岛上漫步的舒、泰芙努特和瑞，还有环绕这岛的浩渺“虚无之水”。

有一天晚上，舒和泰芙努特没有睡觉，他们游荡走入了黑暗之中。舒是空气，泰芙努特是湿气，他们谁也没有在黑暗中视物的特殊能力。所以，他们迷路了，和所有孩子一样。

当瑞意识到孩子们不见时，他难过极了。是孤身一人身处浩瀚之中，还是和他的孩子们在一起，悲伤和欢乐之别显而易见。他陷入孤独之中。更糟的是，他变得焦灼。没有什么会伤害他的孩子们，因为，毕竟那儿不可能存在任何其他东西，已经存在的也只是源于瑞的创造。然而，焦灼还是让这位神辗转反侧，以至他想放声尖叫，撕裂自己的皮肤。他需要这些孩子。他爱他们。

那时，瑞只有一个眼睛。他把眼睛从额头上挖出来，然后派他的眼睛去寻找舒和泰芙努特，他亲爱的孩子们。

然后，他坐下来，等待眼睛回来。他等啊，等啊。他又瞎又冷，便蜷缩起身子，心里想着如果他的眼睛找不到孩子们，他该怎么办。它可能永远找不到；但是孩子们也许自己就回来了——那是可能的，然而也是可怕的，因为他们的父亲已经看不见他们了。瑞在痛苦中翻滚着。

于是，瑞给自己造了一个新的眼睛，继续等啊，等啊。

与此同时，瑞的第一只眼睛，初始之眼，点亮世界，飞跃苍穹。它拥抱沙子，渗入岩缝。此刻它呼啸着掠过水面，随着每一个波浪升起，达到顶峰又再落下。这只原初的眼睛细细察看每一个所到之处，终于找到了缩成一团的幼狮们。他们如今已经长得高高瘦瘦，模样笨拙，几乎完全成年了；他们浑身湿漉漉的，骨瘦如柴，困苦无助，眼睛把他们带回到父亲身边。

瑞把他的孩子们拥入怀中，再次感觉到完整。这些孩子是他的四肢，是他的呼吸、他的体液，他们就是一切。他在重逢的喜悦中四分五裂，对着自己碎裂的肢体哭泣。那样的痛哭，让他筋疲力尽。一群奇特

泰芙努特和她的弟弟舒害怕地蜷缩着，没有了父亲的温暖和光芒，他们深深地迷失了。被瑞的初眼发现时，他们正瑟瑟发抖。

瑞（赫利俄斯）

瑞满含欣慰和爱的泪水纷纷落下，一遇到大地就崩裂开来，人类便这样在世上出现了。随之而来的是无尽的麻烦。

的生物——人类——迈着轻盈的脚步从每一滴眼泪中走了出来，湿润清新，光彩熠熠。面对造物的神奇，他们瞠目结舌，充满敬畏。纯真，是的，但是也带着饥饿之心。瑞的新眼睛眨了眨，因为他意识到这些饥饿的人类之心将会吞噬纯真。

但是瑞的旧眼，那只初眼，很高兴看到人类是可以被收买的。那只眼睛希望瑞的造物给瑞制造麻烦，因为瑞曾经的不忠——瑞用一只新眼代替了旧眼。这只旧眼的愤怒在默默燃烧。

瑞被旧眼的反应惊呆了。他无法理解嫉妒或忠诚。这些情感要从互动中产生，而他除了泰芙努特和舒，还从未与其他人互动过。不过，听着他的旧眼气咻咻地说个不停，瑞明白了它需要安抚。于是他把自己的旧眼变成一条蛇，世间的第一条蛇，一条眼镜蛇。他捡起蛇，把它放在自己的额头上——至高荣耀之处——他把这蛇叫作艾瑞特。这很有用！无论瑞走到哪里，艾瑞特都在他前面，这让艾瑞特引以为傲。

一切都变得越来越好。

但是，这时又发生了一些事。一些蛇从瑞的脚上滑过，还有一些从舒和泰芙努特的脚上滑过。好神奇：造物带来更多的造物。舒和泰芙努特思索着，然后他们明白了——这几乎是出于本能——他们也可以创造。

毕竟，大气和湿气可以一起舞蹈。舒和泰芙努特在无边无际的大海上跳起舞，他们变成一团雾气，向下，转圈，优雅地拥抱。他们又创造了下一代：盖布和努特。

新的一代躺在那里，热乎乎地拥抱在一起，抱得那么紧以至于几乎要完全合为一体。

瑞和他的女儿好奇又困惑地看着，但是舒明白是怎么回事。如果盖布和努特不分开，什么都不会产生。舒意识到有生命想从盖布的背上爬出来，而要让它们出现，就需要有光在盖布和努特之间舞蹈。于是，舒做了一个父亲必须做的事：他把盖布和努特撕扯开来。他长长的强壮臂膀托起努特，努特变成了弧形的天空，扑倒的盖布则是等待着的大地。他们准备着迎接一切可能自上或从下而来的礼物。

但是瑞不喜欢等待，这不符合他的天性。他看着努特的身体形成的弓形，所有那些充满他心灵的语词，此刻都以一种新的形式从他嘴里吐了出来：故事。瑞变得和努特一样光芒万丈，充满故事的万丈光芒。他必须述说这些故事，这些故事可以让任何事发生，在任何时候、任何地方。

瑞悄悄来到马努山（他刚一说出这名字，山就出现了）的背面，爬进了他的船“曼捷特”（又是在被命名的瞬间便成形，不过非常古老，仿佛一直都存在，存在了亿万年之久），然后他便像一颗燃烧的火球般驶过

天空，就像是沿着努特的大腿、臀部、脊柱和脖子滑了过去。他停在遥远的西方地平线上（随着他的言说，方向已经存在），接着又一路回到马努山，来到他出发的地方。这一次瑞坐的是他的第二只船“米斯克泰特”，走的是地下之路。

舒举起他的女儿努特；她身体上垂下的帷帘形成了天空。舒让他的儿子盖布躺在他脚下；盖布舒展的身体变成了大地。

旅行开始时，穿越天空，激动人心，振奋精神，结束时则让人疲惫憔悴。真是叫人又爱又恨。瑞不得不一再来过；这经历太诱人了，一次远远不够。他让自己再次出生，从努特身体中钻出来，

“曼捷特”载着瑞穿越天空，他从清晨的婴儿变成傍晚的老者。想象一下，每天都经历一生，那该是多么奇怪的感觉。

仿佛她是自己的母亲而不是孙女，他改变了事物的秩序，搅乱了时间，让它倒流。他起身时像个婴儿；及至正午，当“曼捷特”抵达努特脊柱的第一节时，他是正值壮年的男人，一位随时准备解决任何问题、打败一切的英雄；傍晚时他像个老人般蹒跚向下，拄着一根短手杖，由一团火焰渐渐变成若隐若现的一点微光，最终只留下温暖的记忆。这是怎样的一段旅程啊，多么让人激动啊！他必须不断地再来一次。

于是，一个新的秩序形成了。太阳神瑞定义了生命基本的节奏。但此时，无序已经不可能消失：生命必然引发无序。而瑞的话也确证了这

一点。

万物，听着，

庄严地，看着，

我是光明之主。

我是万物之父，热爱力量和胜利的巨人。

现在，让我们去征服一切吧。

征服？这是什么意思呢？要去征服谁？无序在哪里，纷争在哪里，竟然需要去消灭？瑞尚未能看到，但他无疑很清楚，敌人即将到来。

瑞
舒
泰芙努特
盖布
努特
阿塞特
妮布胡特
塞特
乌西亚
赫鲁维尔

九柱神体
诸神等级

太阳神瑞创造了他自己；然后是他的孩子们——大气之神舒和湿气女神泰芙努特；孩子们又创造了自己的孩子——大地之神盖布和天空女神努特。现在一切都开始了：盖布丰盛辉煌，各种植物蓬勃生长，而努特娴静优雅。他们在风的轻抚下，尽其所能，既独立也合作，很快创造了五个孩子：女神妮布胡特和她兄弟塞特，女神阿塞特和她的兄弟乌西亚以及赫鲁维尔。如今瑞成了九位神祇的祖先，他们合称九柱神体。（见左图）

瑞曾对自己和舒，还有泰芙努特形成的三人组很满意。但是现在，子孙后代加在一起有九个，九就更好了。九是三个三。三个一模一样的等边三角形可以叠加形成一颗九角星星，每个三角形与下面一个三角形都正好相差 40 度。一个正方形里面隔成九格矩阵，就可以形成一个幻方——每个格子里放一个数字，从 1 到 9，每一排、每一列、每条对角线上的数字加起来总和相等。用九可以玩的几何和代数游戏多么有趣。它们预示了一个非同寻常的未来。九柱神体最好的一点是，瑞的曾孙赫鲁维尔其实就是瑞在正午时的代表。瑞可以把自己看作这个奇迹九体之一，这让他心花怒放。

这份欢欣激励瑞燃起更加旺盛的创造热情，这样才能充分发挥数字九的智慧。带着瑞最初的几个语词而从“虚无之水”中涌出的熔岩流，仍在嘶嘶作响。这给了瑞灵感。他喷火的手指用基本元素造出了一切事

哈特希露是优雅的化身，让世界因感官愉悦而变得丰富多彩。她是舞蹈和音乐之神，让二者密不可分，她明艳动人，夜以继日工作。

物。他从铁元素开始，将它吹遍这个正迅速成形的世界之球。它成为熠熠生辉的金色。瑞被一种高贵的满足感包围；金色注定将是他的颜色，一切事物和所有人类之父的颜色。

但世界需要更多颜色。瑞的火焰指尖的另一个工作，是把红色的锂元素挥洒在风中，接着是熊熊燃烧的亮橙色的钙元素。钠元素燃着黄色的火光，铜元素闪烁着绿光，硒元素发出幽幽的蓝光，铯元素闪耀着靛蓝之光，钾元素有紫罗兰的光泽。

颜色的光彩耀目引诱瑞的新眼睛变身为一位女神，她给自己起名为哈特希露。她在大地上翩翩起舞——铁已经凉下来，形成一层地壳，哈特希露的笑声让宇宙充满音乐。她飘扬的裙裾把大气中剩余的颜色挥上高空。当太阳神瑞的光芒穿透湿气女神泰芙努特，一条彩虹横跨世界，

与泰芙努特和舒的女儿努特的拱形身躯相呼应。

然而哈特希露并没有一直跳舞。她喜欢黑夜。晚上她会躺下，向上凝视空无。而在这些安静的时刻，她需要让人平静的颜色。瑞当然也知道，因为哈特希露是他的眼睛。他伸出炙热的手指，创造了铝的银色。星星和月亮由此诞生，哈特希露由衷喜悦，满怀感激。

现在有了九种颜色。又是九，甜蜜的九。

瑞耸耸肩，空中布满一大团昆虫，颜色各异，应有尽有。他最喜欢蜣螂。它们把粪便推成球，在里面产卵，随着粪便腐烂，这些小粪球会散发热气。然后，这些虫卵开始孵化，看起来就像自然生发——活像瑞本人的自我生发。多迷人的生物啊！于是到了早晨，当瑞还是个孩子推着太阳升上天空的时候，他就变成蜣螂的模样，称自己为瑞－科荷普拉。从此以后，蜣螂成为神圣之物，高于一切其他造物。

但是昆虫成群结队，密密麻麻，让九柱神体不胜其烦。于是，瑞的舌头走上前，成为特胡提，他凭着全能之词创造出鸟来吃昆虫。聪明的瑞如今已深谙生命之道，所以他没有就此停下；他让特胡提再次说话，然后一些鸟就开始捕食其他鸟，这样昆虫和鸟的数量都能得到控制。至高捕食者，也是最有智慧的，是老鹰，所以瑞宣布那是他的圣鸟。瑞常常变身为鹰的头，尤其是在太阳升到最高处的正午时分。当他以鹰头出现时，自称为瑞－哈拉克拉提。

鹰的捕食技巧如此精湛，要不是它们也以蛇为食，小型鸟类很快就会被吃尽。完美！

有一整个世界等着被充满，瑞包揽了一切。不过是眨眨眼、耸耸肩、点点下巴，就有了震颤的翅膀、疾走的脚步、扭动的身躯。

而这些蛇——天哪，眼镜蛇真是杀手啊！它们的舌头能分辨出最细微的味道，它们鼻孔后的深洞对热度那么敏感，以至于夜晚也能捕食。瑞曾经把神圣的艾瑞特加在他的额头上，真是高明。

通过语词，瑞创造了陆地、海洋和空中的小生物，然后是中等体型的生物，然后是巨型生物。他创造了植物和蘑菇，各种岩石，金属和气体。一切美丽至极。

瑞通过他的新眼睛哈特希露凝视着世界，头上戴着他神圣的艾瑞特，世界的复杂让他心生感慨——神、植物、兽类、人类。但是，这些人类不知为何总让他忧心。他们的狡猾不同于兽类。瑞有一种可怕的预感，他意识到这些人类会带来麻烦，而他还是固执地完成了造人的工作。非如此不可。他同样强烈地感觉到，一切造物都蠢蠢欲动，即将不受控制。

塞特

塞斯

嫉妒的神

塞特（塞斯）
嫉妒的神

女神阿塞特，瑞的曾孙女，美丽无双。自然，人类也被她吸引。她倾听每个人的烦恼、希望和梦想，从最富有的人到一无所有的奴隶，无一例外。她倾听被欺侮的人的心声，甚至也倾听欺侮他们的人的心声。通过倾听，阿塞特帮助人们理解自己的想法，找到解决他们的麻烦或实现他们的梦想的不同道路。某种意义上，正是由于阿塞特真挚而耐心的倾听，人类才真正学会了信任神。她希望所有人强壮健康，也希望人人都有好的生活。所以她系一种前面打结的腰带，一只手里是“安可”——一把上部为圆环的十字形小钥匙。腰带和“安可”都是生命的象征。她另一只手里常拿着一根简单的木杖。

当她和丈夫乌西亚在田野散步时，这木杖可以派上用场。乌西亚喜欢在动物中游走，尤其是那些很快被人类聚集到自己身边的动物。更确切地说，尤其是那些带卷毛的肥羊。它们眼睛分得很开，发出轻轻的咩咩声，这让乌西亚特别喜欢。真的，乌西亚太喜欢羊了，以至于他的王冠上戴着公羊角。他是位仁慈的神，把活力带给羊群，让大地肥沃多产。他教会人类犁地，给了他们遵循的法律，成为“下埃及”的国王；后来由于他那么受欢迎，又成了整个埃及的国王。所以，这位仁慈的神不可能不爱他永远仁慈的妻子阿塞特。他爱慕她，他们是天造地设的一对。

他们的兄弟塞特看着他们彼此凝视——这个阿塞特和这个乌西亚，偷听他们充满柔情蜜意的喃喃低语。当他们彼此靠近时，塞特能嗅出他们身上的变化。乌西亚会发出麝香味，和年轻人一样；他的肌肉在他皮肤下跳动。阿塞特则变得像她经常采摘的水中花——那些蓝色的莲花——一样馥郁芬芳。她让人迷醉，仿佛她的精华就是莲花油。

塞特有他自己的妻子——她叫什么名字来着？哦，是的，妮布胡特。但是塞特想不起她来。他甚至不想多看她一眼。他要看的是阿塞特。

他看着乌西亚，看啊，看啊，直到眼睛烧起来，干得就像他脚下踩碾的沙漠。

嫉妒的绳索困住塞特的五脏六腑，越拧越紧，因为乌西亚还称赞他的儿子尹朴。塞特的牙齿因为恶心而变得污秽。而尹朴，这个忘恩负义的小子，他对乌西亚投桃报李，无比仰慕自己的叔叔——甚至举手投足看上去都像极了乌西亚。塞特忍无可忍——男孩如此热爱的人本该是父亲！因此当男孩离家去往地府杜亚特任职时，塞特很是高兴。

如今，蓝莲花仍被用于制作香水

莲花：神香

古代埃及有白莲花和蓝莲花，两种都可以用来提炼莲花油，特别清香宜人。人们把花做装饰用，妇女将莲花精油用作香水。埃及香水从古至今一直享有盛名。但蓝莲花还含有一种更有效的植物营养成分。这种花可能因其促进伤口愈合的特性，被古埃及人用来制药。

他的兄弟集万千宠爱于一身，这让塞特怒火中烧。天哪，他没法思考其他任何事情，也没法享受日常生活，他没法爱任何人。

但是塞特不得不看着阿塞特凝视乌西亚的脸。这时他四下环顾，注意到人类多么热爱他的这个姐妹和这个兄弟，以至于他们选了这两位做他们的王后和国王，塞特的上唇撇下来。那时已经有很多人——他们不停地成倍增长。而这就意味着塞特的兄弟乌西亚作为国王的权力也在倍增，他被太多人所爱戴。

有时候，人不需要理由也会怨恨自己的兄弟。塞特几乎肯定自己无论怎样都会憎恨乌西亚，不管阿塞特有多爱乌西亚，也不管他自己的儿子尹朴有多崇拜乌西亚。但是，人类对乌西亚狂热的爱超出了塞特的想象。埃及之王！呸！塞特的五脏六腑翻江倒海，犹如最猛烈的风暴，电闪雷鸣，狂风呼啸——在这样的暴怒中，他对自己发誓一定要让乌西亚粉身碎骨。

塞特举办了一场宴会。他把散发着浓香的圆锥形油脂摆成一个圈，把它们点燃，驱赶烦人的蚊子。他送给女神们莲花项链——他当然知道这能让他赢得阿塞特的青睐。他在一个水盆里装满亮闪闪的清水，让所有人洗手。然后他给他们吃面包，还有大量啤酒。当大家酒足饭饱，懒洋洋地四下躺着时，他揭开一块幕布，露出一个漂亮的盒子。

乌西亚伸手赞赏地拂过精美的雕刻。“你从哪里弄到这盒子的，兄弟？”

镀金的颜色是伟大主神瑞钟爱的，而油漆的深蓝色是他亲爱的妻子阿塞特钟爱的，这两个颜色组合在一起，让心无城府的乌西亚几乎无法拒绝这个盒子。

“太棒了，不是吗？”塞特靠向乌西亚，显出兄弟间的亲密，“你猜怎么着。谁要是躺进这盒子大小正好，那么，他就是盒子的合法主人。我会将这个精美的盒子赠予此人。”

每个客人都轮流躺进盒子里。但每个人不是太矮就是太高，不是太

乌西亚开心地滑进这个庄重的雪松木制的盒中，感觉它就像一张最舒服不过的床。塞特的心有多么冷酷啊，会做出这样的毁灭计划。

胖就是太瘦。和所有人不一样，乌西亚躺进去正合适。那是自然的，因为塞特在他兄弟睡觉时，把他的所有尺寸都量了一遍，然后才为他量身定制了这个盒子。

乌西亚刚躺进去，塞特和他的手下就冲上前，盖上盖子，把盒子密封住了。塞特把盒子举过头顶，用尽全力扔进了奔腾的尼罗河中。长久以来——久到他都无法记得，他第一次感觉到成功。他摆脱了乌西亚，摆脱了自己生命中的祸害。终于，他可以随心所欲了；他不再站在任何人的阴影之下了。

这就是不加遏制的嫉妒所造成的野蛮后果。

但是善有它自己的回应方式——而阿塞特和乌西亚的善良都是深沉的。这个故事还远没有结束。

伊西斯

阿塞特

贤妻良母

阿塞特（伊西斯）
贤妻良母

塞特嫉妒他的兄弟乌西亚，以至于做出邪恶凶残的事情。他把乌西亚钉在一个盒子里，扔进了尼罗河。“啊——”阿塞特尖叫着。她沿着河堤奔跑，无助地高举起双臂。她一定要追上，一定要把盒子拉上来。想到自己的丈夫被困在盒子里，她惊慌失措，跑啊跑。

但是浪涛奔涌向北，无情地将她的丈夫冲向大海。而风又在往南吹，让阿塞特的每一步都那么艰难。看着湍急汹涌的大河上冒着白沫的漩涡，她拼命奔跑。狂风声嘶力竭的呼吼，刮得她耳朵生疼，她更加用力地奔跑。盒子已经不见踪影！阿塞特只能更加不顾一切地奔跑。那是她的丈夫——她生命中的挚爱！

阿塞特跑了一整天，然后是一整夜，然后又是一整天。她的脚流血了，她的腿疼痛难忍。她来到海边，来来回回地跑着，对着绿色、蓝色、紫色的海水呼喊，喊啊，喊啊。她撕扯头发，然后抓起一个蚌壳，刮掉自己的眉毛，继而捶打自己的胸脯。

世界绕着这位女神旋转。这个永失所爱的女人，孑然一身，她别无他法，只能匍匐在沙滩上，等待眩晕退去。她仍然怀抱最后一线希望，但愿她的丈夫在窒息前已经想办法爬出了盒子。

与此同时，装着乌西亚的盒子被冲进了浩瀚的地中海中央，漫无目的地漂浮在“瓦洁维尔”——那片“伟大的绿色”——之上，就像一叶

字母表历史

石片上显示的是腓尼基字母表

迦南地后来名为腓尼基。它位于约旦河与地中海之间。那里的人以海上贸易和用骨螺制成的紫色染料闻名。但人们之所以对他们的名字有所了解，主要是因为“阿布加德”，一种书写系统，其字母代表辅音音素。希腊人借用了这个辅音字母表，再加入了表元音的字母。后来又被伊特鲁里亚人、罗马人相继借用，他们各自做了些改动——于是才有了我们的字母表。

无舵无帆的孤舟，直到最后浪潮又把它向海岸边推去，但不是回到尼罗河河口——痛苦的阿塞特还躺在那里哭泣。盒子在遥远的东方搁浅了，也就是迦南地的库布纳城。

那里的海岸线布满坚韧的芦苇。芦苇俯伸向海面，就像触角一样，互相缠绕叠压，它们把盒子拉上了岸，一层层轻柔地卷覆住盒子。有一根芦苇不知怎的不停地挤压另一根，最终两根芦苇合而为一，然后又有一根与它们交融，很快一大堆芦苇变成了一个环绕住盒子的灌木丛。然后灌木丛开始生长。

这种魔法可不是天天都有——而且这是魔法无疑。因为盒子里躺着乌西亚神的尸体，他活着时知道怎样给大地带来丰饶，也能让一切生长。所以很可能当这位神呼出最后一口气时，能量从他身上转到了盒子上。

谁能料到这样的事呢？那个灌木丛迅速生长，速度超过曾经在那儿生长过的任何灌木丛，它长成了一棵巨大的雪松，高 130 英尺，长满松果。戴胜鸟一群群飞来，在树下洗沙浴，又在大树银绿色的针叶中筑巢。

巨大的雪松从老远就能看到，甚至还没看到树，就已经可以闻到它的气息了，因为它会发出一种辛辣诱人的香气。很快，国王本人注意到了这棵大树。他把王后叫到身边，让她吸入树的精华。她闻到雪松香味竟然晕了过去。毕竟她已经在孕晚期，很容易昏厥。

毫无疑问，这棵树拥有魔力，它必须为国王的宫殿增光添彩。一大队工人把大树砍倒，运到宫殿，它在那里成了一根美丽的圆柱，所有人都能瞻仰。人们也确实仰慕它。这圆柱让他们感到安心，它带给人们一种世界一定会更好的信心。在此意义上，这圆柱几乎就是一位神了。然而，还没有人猜到，柱干的中心正是那个藏着乌西亚的盒子。

回到埃及海岸边，女神阿塞特躺在绝望之中。几个月过去了，她仍然一动不动。不过此刻，一个持续不停的呼唤声，“咕咕咕”，将她从悲痛的昏迷中唤醒了，“咕咕咕”，这声音将她团团围裹，“咕咕咕”。她坐起身，惊喜地看到一群头顶彩色羽冠的戴胜鸟正昂首阔步一起走来。这些鸟曾栖居在被国王砍倒的雪松树上；它们正在哀悼失去了大树。它们一路飞来，为了寻找一棵替代的树。当看到阿塞特时它们本能地被她吸引，也本能地意识到她正经历和它们一样的悲痛。

藏着乌西亚躯干的这棵巨大的雪松，是这片土地上众多的巨型树木之一。这种树能存活上千年之久。但这棵树却注定要被砍伐。

不知为何，悲痛欲绝的阿塞特感觉这些鸟儿什么都知道。她跟着它们来到了库布纳的宫殿，她的丈夫乌西亚正藏在那根雪松圆柱中。

这些鸟儿喊着“咕咕咕”，阿塞特站了起来。“咕咕咕”，鸟儿飞起来，在她头顶盘旋。阿塞特跟着它们，一起向东前进。一支沿着沙滩摇摇摆摆的队伍，在空中忽上忽下。

阿塞特感觉到鸟群的紧迫感，她的心中涌起希望。这些鸟儿正带她走向乌西亚。这还能是什么意思呢？每一天她的希望都在增长，直到她的心都快被撕裂了。

终于，宏伟的库布纳宫殿出现在眼前。阿塞特心想，过了那堵墙应该就见到盒子了，就在那个拐弯处，就在那个屋檐下。但是哪里都没有盒子！

理智终于毫无预兆地、直截了当地在阿塞特的舌头上涂了一层盐，她被刺痛了，惊醒了：乌西亚死了。不管她是否找到盒子，他都已经死了。阿塞特感觉似乎乌西亚就在附近，他的灵魂在告诉她，迫使她明白

过来。

阿塞特在庭院正中找到一个光滑温暖的大石块。她坐下来哭泣，但这是最终接受现实和筋疲力尽的眼泪。结束了，终于。

她是这样想的。

但是库布纳宫殿里的王室侍女们窃窃私语起来：一个哀戚的陌生人坐在庭院里。她瘦得像一棵饱经风霜的松树，但从她的颧骨、长长的脖颈、合拢的双手中依然能看出这是一位美人。王室侍女们偷偷看着她，一开始小心翼翼，然后，慢慢地，又替她担忧。这个陌生人背负着那么深重的悲伤，她们看着也觉得难过。显然这是一个心碎的女人。她们蹑手蹑脚地靠近她。

阿塞特一转身，看到她们受惊吓的面孔，她受伤的心忽地打开了。毕竟，她的悲伤不是眼前这些人造成的。她透过泪水微笑着，拍了拍身旁岩石上的空位。侍女们都是小女孩，天真无邪。她给女孩们绑辫子，向她们金色的皮肤上呼出香气，当她们问她经历了什么时，她温柔地回应，但是什么也没告诉她们。神知道，人类不擅长讨论死亡。

下午过去了，侍女们一个个离去。阿塞特两手相合，坐着。她不是在等待，没有什么可等待的。她在休息。

很快那些侍女又出现了，她们拉着阿塞特的手，把她领到她们的王后面前，真诚地引荐她。

王后停了一会儿，用一根手指按向阿塞特的脸颊："你不像女孩们说的那样，一点儿也不像。"

阿塞特一言不发。她甚至不确定自己为什么还要站在这里。她还是离开的好。

"你比我一般的侍女都大一些。但我能感觉到你真正的价值。"

阿塞特心里一动。她仔细地打量王后，看到她疲惫的眼睛、潮红的双颊。她真的知道自己面对的是一位女神吗？

"我感觉到你的善良。你可以给我最需要的帮助。"王后让阿塞特跟她进入另一个卧室——一个婴儿的卧室。王后抱起她新生的儿子，放进阿塞特怀里。"你是他的新保姆了。"

美丽的孩子！两只小手的手指那么纤细，指甲几乎是透明的，小脚上的脚趾一碰就会缩起来。阿塞特噘起嘴，他也会噘起嘴。阿塞特眨眨眼，他也会眨眨眼。圆圆的脑袋有股蜂蜜的味道，头发比绒毛还软。婴儿是多么完美啊。哦，阿塞特多么希望她和乌西亚也有自己的孩子，因为那样她就可以经由孩子继续爱着他。

但此刻爱这位王后的宝宝也足够了，这位完美的王子。阿塞特给他洗澡，给他唱歌，紧紧抱着他，蹭他的耳朵。她喜欢他。

很快小王子也喜欢上了阿塞特。

然后有一天，当阿塞特靠在一根她喜欢的大柱子上时，她突然想到王子也会生老病死。他会离开她，就像乌西亚一样。她无法再经历一次那样的痛苦。

她必须阻止这样的分离。她要让这孩子永远活着。她可以做到！只要说对咒语，然后让他经历火的净化就可以。

失去挚爱的阿塞特，以为自己再也不会怀上孩子的女人，如今已身为寡妇的她将尊贵的王子拥入她充满爱的双臂。

阿塞特变成燕子，飞在围住她心爱的王子的火焰上空。这是魔法，为了让男孩永远不会死去。可是天哪，王后把一切都搞砸了！

阿塞特把雪松枝拾拢成堆——因为那根柱子附近有很多——然后把它点燃。她把孩子放进火堆中央。孩子尖叫起来，她忍不住要把他抱出来。但是她不能那样——她不能。她把自己变成一只燕子，绕着巨大的柱子飞翔。孩子尖叫着。但是不用太久，咒语马上就完成了，阿塞特必须继续绕着柱子飞。

王后冲了进来，把浑身起泡的孩子从余火中抢抱出来。阿塞特的哭号刺穿宇宙。王后毁了一切。阿塞特瞬间变回自己，告诉人们她是位女神。她要求劈开柱子，燃起一堆大火，这样就能让王子永生不死。

工人们劈开柱子，装着乌西亚的盒子掉了出来。盒子仍然被钉住密封着。阿塞特悲痛的哭喊几乎让她自己窒息。

而这哭声确实让小王子窒息而死。他死在了自己母亲的怀里。

悲剧接二连三地发生了。

阿塞特把棺木放进一只船里，把它带回埃及。她准备一到家就埋葬她的丈夫。然而刚踏上埃及的土地，她就难以抑制打开棺木的强烈冲动，想最后再拥抱乌西亚一次。天哪，真是惨不忍睹。阿塞特在乌西亚腐烂的身体上哭泣。她合上棺木，把它藏在一个沼泽地，自己去为葬礼仪式做准备。

但是这几个月的时间里，塞特已经学会了把自己变成一头凶猛的野兽——沙漠的恐怖之源。他有狼的腹部和背部，能嗅到任何气味的长鼻

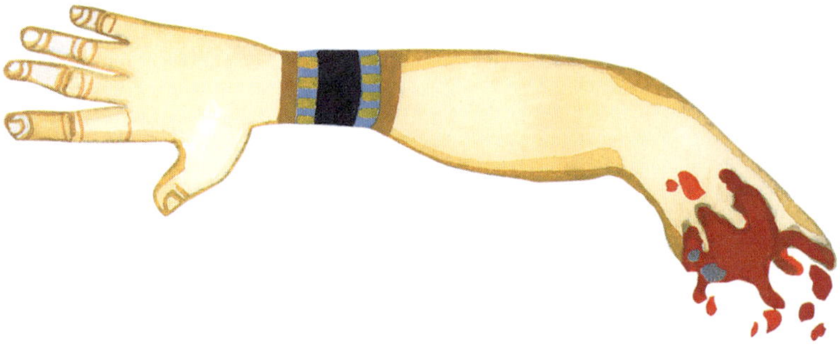

子，一对能辨识任何声音的方耳朵，能把别人都吓走的弯曲的尾巴。可怕而邪恶的他在夜间就变成这只野兽捕猎。就在那天晚上，当塞特外出捕猎时，他看到了棺木。

他打开棺木，把乌西亚的身体撕成 14 片。他用尽全力把自己兄弟支离破碎的躯块扔向远方，遍布整个埃及大地。这样阿塞特就永远没法好好安葬他了；乌西亚将永远死无全尸。塞特将阿塞特和乌西亚的生活彻底毁掉。他发出胜利的狂吼，大地为之震动。

然而这个故事尚未结束，因为善必须胜利——否则我们也不可能知道什么是希望。

阿塞特抽泣着，泪流不止。

塞特的妻子妮布胡特内心感到矛盾。没有人能看着阿塞特的痛苦而不为之动容。但造成这痛苦的人正是妮布胡特的丈夫，是塞特——野蛮之神塞特。“妻子难道不应该忠于自己的丈夫，哪怕他是野蛮的？”妮布胡特咬着自己的指关节。她的目光变得呆滞。

阿塞特的泪水纷纷落进尼罗河，直到河水泛滥，洪水在大地上肆虐。她仍在哭泣。

塞特因嫉妒兽性大发，撕碎了兄弟乌西亚的尸体，将碎片抛向四处。他认为这样就能让乌西亚死后也永不安宁，正如乌西亚早已偷走了他活着时的安宁。

阿塞特（伊西斯）

妮布胡特摇摇头。忠诚有很多种。毕竟阿塞特是她的姐妹，乌西亚也是她的兄弟。而且还有一件隐秘的事与妮布胡特的儿子尹朴有关——关系到乌西亚，也让妮布胡特觉得自己亏欠了阿塞特。

于是她来到阿塞特身边，帮她收集乌西亚的肢体。她们观察上空盘旋的猛禽——每次都能获得一个线索——然后就从一个可怕的地方跑到另一个地方，直到她们集齐了 13 块。但是第 14 块，在哪里呢？

“没了，”一条经过的蛇嘶嘶说着，“被一头沼泽怪兽吞噬了。”

阿塞特悲痛地在泥土中翻滚。

一只鹮蹚着水经过，发出轻轻的咯咯声——繁殖期的嘶哑声音。阿塞特知道这是特胡提，瑞神的舌头来给她出主意了。于是她从喉咙里发出一声低沉的哀号，模仿特胡提的声音。乌西亚的身体碎块就自动拼接起来，然后阿塞特用蜡做了没有找到的那一块，乌西亚完整了。在阿塞特的亲吻下，他醒了过来。

乌西亚看着她，一脸茫然冷漠，但是阿塞特不停地亲他，很快两人就陷入重逢的欢愉之中。

早晨阿塞特醒来，伸手去摸她的爱人。天哪！乌西亚已经不见了。她知道他只能离开，这是不可避免的。特胡提教给阿塞特的魔法哀号，让乌西亚死而复生的哀号，没有强大到让这生命存续下去。丈夫和妻子只有一夜重逢。蒙福的奇妙之夜，美得让人心碎，美得独一无二。但是

阿塞特和乌西亚最后只相聚了一晚，然后他便永远离开了她。他们很明智地用这个夜晚来封存他们的爱，一个孩子。

结束了，结束了。

现在阿塞特并非独自一人了：她怀上了孩子。她甚至在前一晚就已经感觉到了——这是一种瞬间的领悟。然而，这世上还没有人知道，不被任何人发现至关重要，因为世界已经变得充满敌意。乌西亚如今身处地府杜亚特，已经没有危险。但是阿塞特还在地上，行走在埃及炎热的沙漠中，仍然被她凶残的兄弟塞特追杀。塞特篡夺了乌西亚对大地的统治权。他坐在他兄弟的王位上，恬不知耻。若不是有血肉的包裹，阿塞特的骨头都会咔嗒作响。没有比怪兽塞特更可怕的邪恶力量。绝不能让他发现阿塞特腹中的孩子。

阿塞特解下她的腰带，一条有金银丝搭扣和精致扭结的腰带，让她的裙子松松地垂落着。她弯下腰，拄着她的手杖，就像腰疼的样子。她肚子里的孩子拳打脚踢时，也不会有人看到她腹部的隆起。有时候这些腹中的踢打会让阿塞特忍不住微笑。但是如果有人问她，什么让她这么开心，她就会讲述人类孩子的调皮捣蛋，她很喜欢去看他们。确实，女人们经常看到阿塞特跟她们的孩子玩耍。她们喊她丰饶女神。她们遇到家庭生活问题会向她求助。她们问她如何让家庭安宁，这样的问题让阿塞特深感不安，因为她对此实在一筹莫展。看看她的兄弟对她的丈夫做了什么，有勇气的话就去看一看吧。想到这儿，她感到脊柱上升起一股寒意。

阿塞特知道怪兽塞特对她和乌西亚的孩子都是危险的，所以她弯着腰走路，穿宽大的裙袍，掩藏腹中的宝宝。

但她不屈不挠。尽管乌西亚不在她身边，但他永远活在她心里。他们在一起的最后一晚，他说过她就像盛夏酷暑时让人欢喜的北风。他喊她清新的甜风，如今这个新名字仿佛光环般围绕着她。它如此温柔地抚摸她的脸颊，以至于她忍不住把脸转向它，就像婴儿把头转向食物的源头。每天她都感觉愈加充满生机。是的，此生她可以应付——是的，这样很好。

而且还可以更好。阿塞特听说乌西亚在地府也正发挥统领的作用。她决定助他一臂之力。为什么不呢？她无法在杜亚特生活——因为她还活着。她也没法真正做乌西亚的妻子——因为他死了。但是她可以去看他，当他审判死者时，她可以站在他身后。她可以成为真正的清新的甜风。

在杜亚特再次站在乌西亚面前，这是多么大的喜悦啊。他的眼睛是两汪深情之泉，咸咸甜甜，柔情满溢——可以畅游其中，绝不会溺水。乌西亚伸出他的大手——曾经抚摸过阿塞特的手，每个晚上她都会恣意思念的手——沉沉地落在阿塞特的肚子上，感觉里面的生命，阿塞特哭了出来。但是只哭这一次，因为她也必须微笑。此生她可以应付。现在她能够再次见到乌西亚，她真的可以应付。

终于，分娩的阵痛开始了。阿塞特逃到九个月前她曾藏过乌西亚棺木的那个三角洲沼泽地。孩子在那里诞生，阿塞特给他起名为赫鲁，纪念他的叔叔赫鲁维尔。因为瑞和赫鲁维尔常常在一起，阿塞特希望瑞能对赫鲁萨阿塞特——赫鲁-阿塞特之子——另眼相看，甚至可以保护他。但是她并没有完全指望瑞。在地上，阿塞特谁也不指望，除了她自己。

她偷偷养育自己的儿子。

但是她知道，想要让赫鲁萨阿塞特一直安全，光有决心和聪明是不够的，还需要魔法。她心里一阵抽搐——因为她曾想施魔法让那个库布纳的小王子长生不死，却彻底失败了。可阿塞特不应该这么害怕，毕竟她曾在那个美丽的夜晚让乌西亚复活了——那也是魔法。关键不是变形和火，而是语词的力量。多么显而易见，瑞用语词创造了一切。阿塞特本该一开始就明白这才是正道。语词就是魔法。

于是阿塞特决定练习语词的魔法。这一次她会成功。

怎么练？她怎样才能学习？

有他们——人类。他们像蜜蜂一样成群结队。他们既软弱又愚蠢，所以他们一再生病受伤。他们给一位初出茅庐的魔法师提供了练习的完美机会。

阿塞特治好了一次感冒，轻而易举。她还让断掉的骨头重新长好。哈！一个发疯的脑袋被她安抚平静，一个最终会致命的肿块被她赶走。哇哦！不管是什么疾病，阿塞特都能找到治愈它的语词。她擅长此道，也变得越来越强。她必须变得完美——只有完美，才能抵抗塞特。

有一天，一只致命的蝎子叮了赫鲁萨阿塞特——阿塞特的宝贝孩子。

她之前还从没有试过治疗一位神。但是无须提示，她瞬间命名了蝎子。这就足够了。一个名字，凭借这个名字阿塞特拥有了制服蝎子和它的毒性的能力。吹一口气，这个男孩，这个神就复活了。

赫鲁萨阿塞特出生在莲花丛中，正如他的父亲在莲花丛中死去。有很多年的时间，那个沼泽地成了他的家——他的特殊之地，远离塞特的威胁。

是的！阿塞特的造诣已登峰造极。

可她依然被恐惧折磨。塞特是黑暗王子，宇宙的毒瘤。阿塞特必须成为最强大的魔法师。于是阿塞特决定冒一个可怕的险。

太阳神瑞已经老了，走路也颤颤巍巍。他滴着口水，就像人类的老头儿们一样。

阿塞特跟着他，安静得像个影子。她接住那滴口水，用泥土混合，然后搓出一条蛇，给它注满毒汁，只有她知道怎么解这种毒。

早晨，当瑞开始他的天空之旅时，蛇攻击了他，速度快得他都没看到蛇的身影。太阳神呻吟着，在地上翻滚。这疼痛太剧烈、太可怕了。他的腿肿起来，比原来粗了一倍。他的手臂也感到刺痛，然后他整个身体都在刺痛。他尖叫着。

盖布、努特、泰芙努特和舒都奔了过来。

“怎么了？”

“我不知道。救我！用魔法。”

“特胡提！我把特胡提找来。”

“不光是特胡提。找到阿塞特。她是最好的魔法师。”

但是阿塞特已经在那里了。她当然一直都在那里——隐藏着。这会儿她经过其他人身边，假装给瑞仔细地检查身体。她的手因为欺骗而发抖。但她是一个母亲——无论她是其他什么身份，她都是一个需要保护儿子的母亲。她叫起来：“是被蛇咬了。”

“啊呀！这是最糟糕的！”瑞倒在地上，喘着粗气，“救我！”

“我会的。”阿塞特转身面向其他几位。“往后退。施展魔法需要地方。”等到其他人离得够远，不会听见他们说话，阿塞特把她的嘴唇凑到瑞耳朵边上：“我会救你。但是，你先得告诉我你的秘密名字。”

每个神都有一个秘密名字。如果阿塞特知道了瑞的秘密名字，她就可以获得瑞的法力。她就会变得像他一样强大。她就可以保护她的儿子赫鲁萨阿塞特了。

瑞的脑袋左右摇晃。还没有哪个神会告诉别人自己的秘密名字。但是蛇毒太厉害了，他的视线已经模糊。红色的晨曦成了灰色。他头晕恶心。“我是宇宙的创造者，”他哽咽道，“庄稼的催熟者。我头上戴着日盘，我带来光和热。”

“这些不是名字。”

“在清晨我是瑞－科荷普拉，圣甲虫。”瑞呼吸困难，“正午我是瑞－哈拉克拉提，鹰。”他的喉咙正在闭合，“夜晚我是——”

“不！”阿塞特的眼睛被泪水模糊了。这位

在古埃及，被蛇咬伤是最大的危险之一，不仅对人类和动物是这样，对神也一样。甚至瑞也对眼镜蛇毒无能为力。

老人是她的曾祖父，她却任由他一分一秒地衰弱。是她造成了这一切。如果他继续固执，她的手就会永远沾满他的血。然而她不能说出魔力之词——她不能抛弃她的儿子。“每个人都知道这些名字，伟大的瑞。我要你的秘密名字。”

“救救我，阿塞特。”

她的心碎了，但她控制住自己的舌头；这几个魔力之词不能逃出来。“你的秘密名字。你的精华。不要让我失望。除非你告诉我。”

于是瑞用最后一口气在阿塞特耳边说了一句，而她就在千钧一发之际治愈了他。

从此之后，瑞只统治天上，阿塞特统治地上，当然了，她的丈夫乌西亚统治地下。所有人都以为这是阿塞特了不起的计谋：她想得到至高权力。他们不知道她有个儿子，更不知道她的目的仅仅是保护儿子。

但这是她必须做的事，直到孩子长成年轻人，强壮有力，双目炯炯，蓄势以待。这时她才告诉其他诸神，赫鲁萨阿塞特在这里，是乌西亚的儿子，也是他父亲王位的合法继承人。赫鲁萨阿塞特的战争开始了。

阿塞特造了一条蛇，只有她能解蛇毒。这是一个曾孙女的背叛之举。但她首先是一位母亲；她要保护她的儿子。

阿塞特（伊西斯）

乌西亚

奥西里斯

地府之神

乌西亚（奥西里斯）
地府之神

乌西亚感觉天旋地转。他是怎么到这里的？但他的爱人正在亲吻他，此刻这就是最重要的。

他们摘下一捧捧纸莎草，做成一个羽绒床。莲花之女，纸莎草之子，他们历经磨难后再次相逢。

那是无限幸福的重逢。他们知道，在阿塞特的子宫里，一个男孩开始生长。

那是无比悲伤的重逢。他们知道，这是他们最后一次作为妻子和丈夫在一起；一旦死亡来临，即便是一位神，世上的生命也要结束了。

乌西亚在黎明时醒来，他的身体变成绿色，绿得犹如纸莎草，他跟睡梦中的妻子吻别，走进水中。此时他依然不明所以，但意识到这一切都是命中注定。他必须离开这片土地，这位妻子，这个生命。

尼罗河何时变得如此广阔？这时他尝到了悲伤的咸味……他妻子的眼泪。在记忆画面中，乌西亚看到流浪的阿塞特。她红肿的双脚、嘶哑的喉咙、破碎的心，这样的悲伤让他发狂。他无法抚慰曾经的伤痛，但是他可以纪念这持久的悲痛。是的，他可以让河水溢流，漫过河堤。当洪水退去，留下的淤泥使土地更加肥沃，植物就能牢牢扎根。随着乌西亚的复活，大地也会复活。羊群吃草，咩咩咩，咩咩咩，轻声颂扬乌西亚的精神。乌西亚悲伤地笑了。他的死会带来一种美好：每年土地的丰收。阿塞特和乌西亚的悲剧正配得起这样的致敬。

尼罗河：洪水

尼罗河的周围到处都是郁郁葱葱的绿色树木

尼罗河每年都会发洪水，直到人们在阿斯旺建起一个大坝（1970 年完工）。洪水给尼罗河两岸带来营养丰富的淤泥，在一个以沙漠和黏土为主的国家的中心部位，形成一条狭长的肥沃土壤带。村民根据洪水在他们居住地区的高度，向中央政府交税，洪水高度在当地神庙旁的水井里测量。

乌西亚和尼罗河中的鱼儿一起游泳，感觉那么自然，就好像水才是他的家。他身上长着皮肤，不是鱼鳞，但他浑身是绿色的，缀满了希望。世界随着波浪翻滚。

波浪起伏，水流涌动。

眨眼之间，一切改变了。更多黑暗的记忆浮现，这些记忆几乎让他发疯，因为是他一个人的记忆。

他困在那个精雕细刻的盒子里，还活着，一片漆黑，只有雪松的干净气味。当他又是推，又是喊，拼命想打开盒盖时，他自己酸腐的口气盖过了这温和的气味，这是致命的、源自恐惧的臭气——坟墓中空气稀少。他的嘴巴，然后是皮肤，然后是五脏六腑，都干枯了。他变得冰冷。死了。一个可怜虫，因为他既没有葬礼，也没有可供他妻子哀悼的坟墓。只有永恒的孤独。

乌西亚看到河水上涨，因为他的妻子失去了他，不停地哭泣。多么奇怪啊，即便是离开了阿塞特，他也将自己浸没于她的泪水之中。

乌西亚（奥西里斯）

接着，一切都改变了。他仍然没有生命，被封在他的棺木中，然而他知道阿塞特在附近。她把他带回了家，她要纠正这最可怕的不公。但是塞特来了，将他撕碎。如果可能，乌西亚被撕裂的肢体也会颤抖：再不会完整了，再不会完整了。

直到阿塞特让他再次完整。她是怎么做到的，乌西亚不知道。但他知道他们的爱改变了她；她变成了清新的甜风。真爱可以做到。

乌西亚不曾意识到塞特憎恨他，直到盒盖落下的那一刻，他才看到塞特的脸因羡慕、嫉妒、不加掩饰的欲望而扭曲着。

塞特有可能发现了乌西亚和他妻子妮布胡特的小插曲吗？那只是乌西亚搞错了，姐妹俩长得太像了。妮布胡特是她的姐姐阿塞特投下的沉默的影子——若隐若现的复制品。而且只有一次。一次意外竟要付出这么沉重的代价。

好吧，这代价如今已经全部付上了。

乌西亚的绿色皮肤在水中脱落——一次剧痛的吻别。他长出黑色的皮肤，就像泥土以下的一切。他游向地府杜亚特，他的侄子尹朴在那里监视亡灵。但是尹朴将他的最高权力交给了乌西亚，这是忠诚和爱的表现，感动了乌西亚的心。

乌西亚发誓要做仁慈的统治者，因为没有人比乌西亚更清楚，一个没有仁慈的世界是多么可怕。

妮布胡特

奈芙缇斯

守护女神

妮布胡特（奈芙缇斯）
守护女神

女神妮布胡特并没有选择塞特做自己的丈夫，一切只是顺其自然地发生了，正如很多事情都是这样。毕竟，大地之神盖布和天空女神努特有五个孩子：妮布胡特的兄弟乌西亚和姐姐阿塞特选择了彼此；赫鲁维尔似乎不需要任何人；于是就剩下妮布胡特和塞特了。

塞特对她没有表现出什么兴趣，对此她也并不感到意外。当塞特游移的眼神落定在她优雅的姐姐阿塞特身上时，她就更不意外了。（如此讽刺，这本应让妮布胡特哈哈大笑，只不过她更想一死了之。）当塞特表示，乌西亚和阿塞特对妮布胡特的儿子尹朴的爱让他恶心时，这几乎就是她意料之中的。

尹朴并不是塞特的亲生儿子。这是个秘密，连尹朴也不知道。妮布胡特渴望要一个孩子。这种渴望让她像月亮一样瘦削而苍白。她的一缕缕头发变得像裹木乃伊的布条一样稀疏。有一次她知道乌西亚在一个地方等他的妻子阿塞特，她故意去了那里。这才有了尹朴。

事情没有它看上去的那么丑恶。要知道，塞特不想和妮布胡特生孩子。他想让妮布胡特越少跟自己打交道越好。对此他也毫不掩饰。

妮布胡特相信这就是塞特对着孩子撇嘴的原因。塞特一定是本能地感到这孩子不是他的。也许他甚至在孩子身上看到了乌西亚的影子。这肯定是塞特不高兴的一部分原因。一丝嫉妒？在某种程度上，塞特一定是爱过妮布胡特，才会被嫉妒刺痛，不是吗？

妮布胡特意识到这可能只是一厢情愿的想法。她不知道为什么，但她仍然抓住自己和塞特婚姻的幻觉不放。她盼望有朝一日他会想和她生一个孩子。所以当塞特杀死了他们的兄弟乌西亚时，妮布胡特很矛盾，不知道该帮助可怜的阿塞特——她的姐姐，还是站在她的丈夫塞特一边。但她还是做了正确的事。还能怎么办呢，难道不是吗？

阿塞特用最亲密的方式回报她：她请妮布胡特帮她一起秘密抚养赫鲁萨阿塞特，阿塞特的儿子。她让妮布胡特给赫鲁萨阿塞特哺乳，就在尹朴边上。某种意义上，妮布胡特和阿塞特一样，都是这个孩子的母亲。

妮布胡特的时间大都花在秘密地爱护孩子上。这带来一个影响：她在夜晚感到更自由，因为她可以在夜幕的遮掩下亲吻孩子们，拍着他们

埃及沙漠中正准备背载乘客的骆驼

沙漠动物

妮布胡特可以在夜间看清一切，也学会了呼出干燥的沙漠热气。事实上，很多沙漠动物都在夜间活动——利用夜晚的清凉。白天活动的动物则想出其他忍受炎热的办法。"沙漠鱼"小蜥蜴会一头扎进沙子深处，在沙子里"游泳"。骆驼（它们的祖先来自北美洲，然后在亚洲大量繁殖，最后来到非洲）能控制体温以防止出汗，减少撒尿，这使它们能够锁住必需的体液。

的脑袋哄他们睡觉。她学会在月光下轻松地看到一切，正如别人在日光下那样。如果有人问她，且如果这个人足够幸运的话，妮布胡特就会教他在夜间行路的技巧。

她喜欢上了在别人都避而远之的危险之地徘徊。起先在沙漠的边缘，然后进入灼热的红沙地，深入塞特徘徊的领域。她学会在干旱的荒野吸入无法想象的高温热气，然后从嘴里喷射出火焰。她轻而易举就变得让人生畏。人们祈求她将自己的敌人烧成灰烬，她也会照做。为什么不呢？为什么不保护埃及呢？

悲伤的妮布胡特得不到丈夫的爱，但是她爱自己的儿子尹朴，尹朴也爱她，这给了她安慰，还有她姐姐的宝宝，亲爱的赫鲁萨阿塞特。

她会在这些战役之后举办奢侈的酒宴，因为她不知怎么的也成了一位酿酒大师。

不知怎么，不知怎么，不知怎么一切就都在妮布胡特身上发生了——某种程度上不在她自己掌控之内——某种程度上她被掌控了。

人们热爱她。也正如人会做的那样，他们将权力赋予她。他们在分娩时呼求她的名字——妮布胡特。她自己分娩的痛苦经历充满了隐秘的罪恶感，她却帮助女人们欢喜顺产。人们坚信她是一位治愈者。所以妮布胡特抚慰伤口，平息颤抖，减轻疼痛。

她成了家庭女神，这感觉也是命中注定，因为她名字的本意是“家里的女主人”。世界似乎在按照最初的命定行动着，真是有趣。她开始习惯于在头上顶一个篮子，里面装满日常生活的必需品——食物、包裹婴儿的衣物、做渔网的绳子和碾谷物的石块。她守护众生。是的，她竭尽全力地守护着。

小荷鲁斯

赫鲁萨阿塞特

年轻的战神与国王

赫鲁萨阿塞特（小荷鲁斯）
年轻的战神与国王

赫鲁萨阿塞特出生在尼罗河三角洲，他在那里生活得舒适自在，可能因为他死去的父亲是四周茂密的纸莎草之神。这个小男孩开心地在河马背上蹦蹦跳跳，抓住鳄鱼尾巴，然后唰地冲入水中央，哈哈大笑着。他用纸莎草编织小船，在拍着翅膀的滑稽的鹈鹕身下游过去。白天他跟沼泽猫一起睡在纸莎草垫子上。因为和这些猫一样，他也喜欢晚上活动。

这是有原因的：生命充满奥秘。他吮吸着手指，四下张望。他说服女神妮布胡特教会他在黑暗中看东西。这样他就能抵御未知的危险，这个能力非同小可。赫鲁萨阿塞特认识到自己这项能力的重要价值：用犀利如刀锋的赫鲁萨阿塞特之眼透视这个广阔无边的宇宙。

他制造狩猎工具——长矛、回力飞镖、弓和箭。但是防御，也许甚至是攻击的想法，始终潜伏在他心中。

某种意义上，这个男孩有两位母亲。一位是双目警觉的阿塞特，她教给他能让社会健康发展的规则，这也是由他的父亲赋予人类的。她神秘地告诉男孩，他需要知道这些事情。另一位母亲是眼神忧伤的妮布胡特，他的姨妈和保姆。她教他变身为老鹰，而她则变成一只鸢。他们俯冲向沙漠，乘着气流滑翔，神秘地搜寻着。从这两位母亲中，男孩感知到整个宇宙的运作隐藏在模糊的恐惧之中。

赫鲁萨阿塞特一长大成人，就明白了这种恐惧的本质：他的叔叔塞

孩子和法律

在湿地里玩耍的埃及孩童和他们的父母

古代文献让我们了解到当时的孩子拥有哪些权利。在最早的律法中，谋杀成年人是违法的。但是在西方世界，直到十四世纪，法律才开始保护婴儿。在这之前，父亲可以随意处置自己的孩子。

特恨他，仅仅因为他是他父亲的儿子。塞特篡夺了他父亲的王位。现在阿塞特要让赫鲁萨阿塞特夺回属于他的王位。

赫鲁萨阿塞特英勇地向塞特挑战，要求拿回属于他的所有。塞特当然拒绝。于是赫鲁萨阿塞特向众神议会——九柱神体——申诉。特胡提力劝九柱神体站在赫鲁萨阿塞特一边。但是塞特争辩，是他保护埃及免受异族侵略；如果他被罢黜，埃及会重陷混乱。所以九柱神体的裁决似乎还是会袒护塞特。

阿塞特感觉自己要发狂了。她变身为一个美丽绝伦的女子。伪装的阿塞特告诉塞特自己是个寡妇，一个陌生人夺走了她的土地，还威胁她的儿子。她请求他的帮助。

任何头脑正常的人都会明白，这个寡妇的故事就是阿塞特自己的故事。但是塞特此时正头脑发热。这名寡妇太诱人了；他热血沸腾，没有意识到这是个陷阱，当众宣布那个侵占者是恶棍。他发誓要和他争战，让他归还属于寡妇儿子的一切。

啊哈！阿塞特现出原形。啊哈！九柱神体都听到了。啊哈，啊哈！塞特现在必须认输了；他等于承认了自己有罪。

但是塞特没有认输。战争接踵而至，持续了 80 年。塞特的残忍难以用语言描述，他挖出赫鲁萨阿塞特的眼睛。女神哈特希露——瑞的眼睛，将银河中缀满星星的乳汁沿着赫鲁萨阿塞特的眉毛倒下去，才使他重见光明。赫鲁萨阿塞特也使用了拙劣的诡计。有一次他答应跟塞特划船决

赫鲁萨阿塞特和他的叔叔塞特都在对方手里吃尽了苦头。但年轻人还是更吃亏。幸运的是，哈特希露帮他复明。

战。两个人都用了石船，并且都试图让对方沉船。塞特的石船立即沉了。但是赫鲁萨阿塞特的船是雪松做的，只是油漆成石头的样子，所以它继续向前，直到暴怒的塞特变成了一只河马，把船弄沉。这些神真是无所不用其极。

最后，瑞给身在地府杜亚特的乌西亚捎了个信，请求他让战斗停息。乌西亚回信了。九柱神体同意王位归属于赫鲁萨阿塞特。塞特让位了。

于是赫鲁萨阿塞特戴上红白王冠，统治整个埃及。人们向他寻求狩猎和武术的指导，因为他为他的父亲向最可怕的神塞特复仇成功。

为他的父亲复仇——啊，赫鲁萨阿塞特都不认识他的父亲。他只知道乌西亚的故事。现在他想获得与父亲连结的纽带。于是他成了生者的世界和地府杜亚特之间的连接者，护送亡灵去乌西亚那里。父亲和儿子一同做事，感觉好极了。最后的最后，纠缠赫鲁萨阿塞特几乎一生的恐惧感终于消失了。

尹朴

阿努比斯

木乃伊之神

尹朴（阿努比斯）
木乃伊之神

尹朴发现野外的乐趣时，还是个小男孩。这一切之所以会开始是因为他的母亲妮布胡特。她特别宠爱他，但也是偷偷的，就好像她对孩子的爱必须保密。他就是这样学会秘密行事的，他模仿母亲走路的样子，她的举手投足，她的呼吸。他就是这样成为追踪动物的能手的。

他最喜欢沙漠里的狗。或许是因为狗本身也很隐秘，金色的毛与沙子混为一体，哪怕是群体合作狩猎的时候也是如此。或者可能是因为狗那么毫不掩饰对吃的热爱。它们甚至也吃水果，这被沙漠里的猫所不耻。尹朴当然不是什么都吃，但他喜欢狗的那种热情。又或者是因为狗有原则。如果它们要捕食一只动物，它们总是选择老弱病残——本来就快不行了的那些动物，或者是刚出生的。这也许显得恐怖，事实上有很多动物都以新生幼崽为食；如果母亲没有看着自己的宝宝，它几乎肯定会被什么东西吃掉。关键是，沙漠狗从不攻击大概率还能活很多年的强壮动物。它们从不以杀戮为乐——它们不像狮子和鳄鱼那么野蛮残忍。

沙漠狗也吃腐肉。它们在墓地聚集，甚至挖出尸体来吃。那当然可怕，但既然它们具有兽性，这也可以理解。

长时间地追踪沙漠狗，让尹朴一次次接触死亡。他思考死亡，研究死亡。有些死亡几乎是仁慈的，有些则很残酷，有些还很随意。他注意到对死亡的讨论本质上总是与对生命的讨论、人是如何设法解决不断变化的需求，以及所有人都会面对的选择这些话题紧密相连。所以，当尹朴宣布他要去地府杜亚特司管亡灵时，他的父母塞特和妮布胡特也并不吃惊。

尹朴有沙漠狗的头，有时候身体也是沙漠狗，他只以黑色出现，而不是金色。黑色是杜亚特的颜色，黑色也是尼罗河畔肥沃土地的颜色，生命来自这片土地。黑色是非常适合他的颜色。他忙着统治杜亚特。目前为止尹朴的人生都还顺风顺水。

后来，他的父亲塞特毫无缘由地杀死了他那位真正了不起的叔叔乌西亚。他父亲用卑鄙无耻的手段，拉开了血肉横飞的大戏之幕。尹朴内心变得脆弱。他皱起长长的口鼻，忍住失落和困惑的吼叫。他的姨妈阿塞特——无与伦比的阿塞特，清新的甜风——一头扎进秘密和孤独之中。他自己的母亲妮布胡特失踪了很长时间。似乎根本没有人在乎尹朴的存

一口木棺上绘有一个男人遛狗的场景

犬科和猫科动物

狗和猫自古代起就是宠物，但它们生理和行为上都大不相同。狗属于犬科，是杂食动物。犬科是社交型和合作型动物，常常群居。猫属于猫科，是肉食动物。你的猫对南瓜派会不屑一顾，而你的狗会一口吞下。猫科动物一般喜欢独处。古埃及人视猫为神圣；狗的价值在于守卫和捕猎。

在，这几乎让他发疯。

但最终尹朴又拥有了他深爱的叔叔。乌西亚来到杜亚特，尹朴亲自给他敷香料做防腐处理。然后他做了一个忠诚的侄子应该做的：他退居幕后，让自己的叔叔乌西亚接手更重要的统治权。

尹朴在地府如鱼得水，服侍如他行走于世上时一样感觉迷失的灵魂，协助乌西亚——他的叔叔，也可能，就是他的父亲。

尹朴成了孤儿和其他迷失灵魂的保护神。他和他们在一起时感觉轻松自在，就好像自己也是其中的一员。他也司管葬礼仪式。

事实上，尹朴很感激乌西亚来到地府。迎接灵魂是一回事，审判灵魂是另一回事。将杜亚特的王冠让位于乌西亚，对此尹朴从未有过丝毫的不乐意。

尹朴（阿努比斯）

泰芙努特

泰芙妮斯

湿气女神

泰芙努特（泰芙妮斯）
湿气女神

瑞是九柱神体的源头。他最初创造的神是泰芙努特——湿气之源，以及舒——大气之神。大气将种子推向远方，在新大陆上扎根，大气还让船帆鼓起——尼罗河涨潮时，只要两个星期就能把人从“白城”（今孟菲斯）一路往南吹到瓦瑟特，如果遇上退潮也许要两个月。但是，不管怎样，是风让航行成为可能。因此，泰芙努特和舒很重要。

泰芙努特和舒有两个孩子。第一个是盖布，大地之神，既有肥沃多虫的泥土，也有能让人类建起金字塔的岩石，还有灰尘和黄沙——这让所有人都更珍惜尼罗河。第二个是努特，天空女神，她高高在上，踩着亮闪闪的舞步，赋予人的梦想以微小但珍贵的希望之光。没有她，人类微不足道的生命将无遮无拦，徒余惊恐。

到了再下一代，也就是瑞的曾孙辈，我们迎来盖布和努特的孩子们：赫鲁维尔、乌西亚、妮布胡特、塞特、阿塞特。

这就是事物的秩序。九柱神体的结构从时间和权力角度都讲得通。毕竟什么都不会出现，除非先有大气和雨水，大地和天空：舒和泰芙努特，盖布和努特。然而泰芙努特意识到，受人瞩目的是那些位于九柱神体底端的，“没出息”的那一代。

赫鲁维尔，关于他倒是没什么不好的，因为根本也就没什么可说的。

他似乎只满足于做瑞的跟班。

但是乌西亚，他是有多愚蠢，才会塞特一请他，他就爬进了那个盒子！谁都看得出那是个棺材尺寸。谁都能看到塞特眼中的寒光——不斩草除根绝不罢休。

然后是妮布胡特，谁会正眼看她一眼呢？她哄骗乌西亚让她怀上儿子尹朴——那可是她姐姐的丈夫。好吧，还好她帮着阿塞特找到乌西亚尸身的碎块——他被塞特又是砍头又是肢解的。可是，仅仅如此而已。

还有塞特。关于他就说不出一句好话来。

唯一一个还算像那么点儿样的，也就是阿塞特了。然而阿塞特又把瑞的唾沫混着泥做了条蛇，让他把自己秘密的名字告诉了她。诡诈！

把他们五个放在一起，你能看到什么？愚蠢算是最好的，最糟的是

色彩斑斓的埃及香水瓶

气味文化

物质由粒子组成，可以是固态、液态或气态。许多固体是非挥发性的（不会蒸发消失），所以没有气味；有的固体中有可挥发性成分，让你能享受气味，比如肉桂味儿。不过泰芙努特还是对的：甜是一种口味，不是气味。有些气味可以提升对甜味的感知度，而其他气味则起抑制作用。古埃及有气味文化，芳香剂包括香水、调味料、玫瑰水、熏香。美好的香气代表活力和德性。

邪恶——欺骗和利己主义。

人类会崇拜他们，只能证明他们的愚蠢。但是现在，看看已经发生了什么！看啊！乌西亚管阿塞特叫“清新的甜风”。这称呼传开了，尹朴这么叫她，其他神也这么叫她，然后是人类。然后阿塞特竟有勇气答应，好像她真配得上这称呼似的。

清新的甜风。她怎么敢？舒才是风之神。没错，他是把风暴让给塞特掌管了——但也只是风暴——每一股微风，每一缕气息，都是来自舒。还有甜美——谁都知道甜是一种味道，味道依赖湿气。所以，真的，毫无疑问，甜归泰芙努特辖内，她是湿气女神。

泰芙努特怒气冲冲，直奔瑞而去：“你知道人们现在管阿塞特叫什么吗？”

“清新的甜风。很公正啊。”

“什么？被她耍了个蛇毒的花招，你应该是最后一个管她叫那个名字的人才对。”

“不过就是几个字而已。”

“你难道不是用几个字创造了宇宙？”

“别发牢骚了，泰芙努特。现在是晚上。我累了，孩子。”

“别叫我孩子，叫我甜美。”

“我们可以夸你俩一样甜美。”

“那就把甜留给我，叫我清新的甜水。不，还要更好的，叫我给予生命的甜水。”

“放松点，泰芙努特，去下点雨吧。你需要这个。”

“我？你才需要下雨呢。你等着瞧！”

泰芙努特怒气冲冲地走了。她跑啊跑，直到她的脚也红肿了，就像阿塞特追着棺木跑时那样。泰芙努特在身后留下一条血印，一路直到努比亚。在那里她变身为一头母狮，因为她和她的丈夫舒小时候曾假扮小狮子玩。在狮子的身体里，她可以不停奔跑，风呼啸而过，她跑得更快了，直到她什么也听不见——听不见任何名号。

嫉妒、羡慕、感觉不被珍惜——这些东西把塞特变成了怪兽，现在又让可怜的泰芙努特变成了怪兽。神也可能失去洞察力，多么可惜。

泰芙努特（泰芙妮斯）

埃及变得越来越干。太阳还是越过天空——毕竟，那是瑞的伟大职责——但是没有湿气。日光让人失明，热气让一切干裂，地面干得冒烟。舌头肿了，裂开了。指甲和爪子结痂，然后碎成粉末。

与此同时，泰芙努特在努比亚横冲直撞，带来倾盆大雨。努比亚洪水泛滥，埃及却陷入干旱。母狮咕哝着，低吼着，咆哮着：他们都是活该！

瑞怒不可遏，不停踱步，就好像走来走去就能想出办法。特胡提，瑞的舌头，几乎都动不了了，因为他浑身干裂。但他还是迫使自己强忍疼痛，说出真话。他说瑞固执又愚蠢。他说太阳和湿气彼此需要。瑞难道还没有从玛阿特，宇宙的神圣秩序中学到任何东西吗？泰芙努特必须被引回埃及，不然所有东西、所有人都会变成沙子。

瑞听着，用他干裂的耳朵。他派舒去劝说泰芙努特回来。他也派了特胡提一起去。特胡提能说服所有人，不管是什么事情。

特胡提比舒先一步赶到努比亚。母狮的样子把他吓坏了；她比最可

怕的怪兽更大、更恐怖。特胡提变成一只大狒狒，因为如果他以神的形象靠近女神，她轻而易举就能要他的命。他在她身后又蹦又跳，叫着引起她的注意。当她转向他时，他说：“回家吧，泰芙努特，最尊贵的陛下。回到舒适的埃及吧。”

特胡提的吹捧让泰芙努特平静下来。泰芙努特的怒气慢慢消散了，随之消失的是母狮的外形。她再次变回了可爱的湿气女神。

她黄色的眼睛直直地盯着他。她向前迈了一步。

特胡提想到蜂蜜，想到温暖的夏雨，想到生存。“埃及热爱您，最尊贵的陛下。埃及需要您，最尊贵的陛下。埃及想念您。”

“说吧。”泰芙努特低吼道。

“您是最尊贵的陛下。”

泰芙努特褪下了狮子的外形，陪着舒和特胡提回到了埃及，从此以后她就被称为“最尊贵的陛下”。

恰如其分。在沙漠之地，湿气女神就是最尊贵的陛下。

哈塔梅耶特

伟大的尼罗河
万物丰盛之源

生命起源于无形的“虚无之水”，尼罗河在现实和日常层面，是一个同样重要的生命源头。

一方面，尼罗河能解渴，当泰芙努特从埃及跑走，让整个国家不再下雨，是尼罗河让人们免于缺水而亡。

另一方面，尼罗河里有鱼。有些鱼被看作神圣之物，甚至还有一位鱼女神，哈塔梅耶特，被三角洲地区的人民所崇拜。又因为有人认为是一条鱼吃了乌西亚的第 14 块身体（很多人相信这条鱼就是邪恶的塞特本人，其实这第 14 块身体被鳄鱼神吃掉了），所以有些人害怕吃鱼——也许吃的就是第 14 块肉。祭司从不吃鱼，富人也往往只把鱼看作装饰池塘的漂亮东西。然而，在百姓中，鱼是一种日常主食，幸运的是，即便最穷的人也能捕鱼，而尼罗河鱼，比如大量的罗非鱼营养价值很高。渔夫使用渔网，或者是挂在线上的蚌壳做的钩子——鱼钩捕鱼。垂钓之艺很可能就是起源于埃及。渔夫也靠鸬鹚，或者类似的鸟帮忙——就像在中国、日本和马其顿一样。他们在鸟的喉咙上挂一个圈，然后放鸟飞走。如果鸟抓住的是小鱼，它会自己吞掉。但如果它抓了条大鱼，它会回到渔夫身边寻求帮助。渔夫把鱼从鸟嘴里取出来，然后分一片给鸟，小到它正好能吞下去，作为回报。

尼罗河在农业中扮演了重要角色。瑞司管的季节代表着尼罗河畔不同农业活动的时间。一个季节是洪水季：六月至九月，或七月至十月间，

尼罗河和太阳造就了埃及。尼罗河让土地肥沃，浇灌植物；太阳则提供光和热。金字塔，法老的象征，注视着这一切。

河水会漫过河堤，淹没大地。水慢慢退去，会沉积淤泥，使土地肥沃松软，适合耕种。接下来是生长季。农夫们种植豆类和葡萄，也会种大麦和小麦做面包。此外，他们把陈面包捏碎，放进水中，酿制啤酒，这是他们最常饮的饮料。哈特希露鼓励他们喝啤酒减轻焦虑，这样他们就能享受音乐和舞蹈。这一切能成为可能，都是因为农夫们建造了小运河，从平静的尼罗河引水灌溉田地。最后是丰收季，丰富的食物可以沿着尼罗河方便地南北运输。尼罗河，尼罗河，每个季节的馈赠，都来自尼罗河。

当塞特把阿塞特的丈夫乌西亚钉入那个精雕细刻的盒子时，她的眼泪造成了尼罗河的第一次洪水。乌西亚审视这些眼泪推动的水流，决定赐给人们一年一度的大洪水，作为礼物——以大地的复兴纪念他自己的起死复生。

尼罗河也在狩猎中扮演重要角色。洪水灌满大地上的坑坑洼洼，当水退下后，这些水坑就独立于大河，形成了很多内陆水塘。它们成为内

投石器和长矛是最早的投掷武器，但弓箭已经使用了一千年。上图中的弓是羚羊角做的，中间用一块木头连结起来。

陆动物的饮水坑，比如羚羊、鹿、鸵鸟。水塘也能成为鸟类的避难所，它们在水塘中心的小岛上筑巢。猎人竖起芦苇帘，等待口渴的动物来饮水，然后用长矛、弓箭、套索、回力镖把它们拿下，这些工具都是赫鲁萨阿塞特教他们制造的。猎人们也在这些水塘里抓鸟——白骨顶、鸭子、鹅。有时候水塘里的鱼太多了，人们可以徒手抓住小鱼——一顿简餐。

洪水的另一个产物是黏土。赫努姆神做了个陶钧——制陶用的转轮，然后用黏土造出人类。赫努姆教会人类怎么做转轮，然后他们就用来制出家用陶器，以及庙宇里用的装饰性器皿。黏土也被用作砌金字塔台阶的砖块之间的灰浆。房屋是用暴晒后的砖块搭建的，但墙壁常被涂上灰泥，这样就能画图案了。第一层灰泥是用河里的淤泥做的。有时候会再涂上第二层石膏灰泥。法老的坟墓和神庙之所以辉煌壮观，都得感谢黏土。尼罗河黏土有这么多用途是因为它含有石灰，一种天然黏合剂。而且它们以可塑性极高而著称，陶工们因此可以做出形状奇特的罐子，它

陶罐往往底部细长，甚至是尖头，这样就可以插进泥里或沙里，自己立住，做储物之用。

们在尼罗河沿岸交易，也能卖到更远的地方。

尼罗河还贡献了两个最重要的埃及象征：上埃及的莲花和下埃及的纸莎草。阿塞特喜爱莲花的香气，乌西亚喜爱纸莎草的坚韧。他们的儿子赫鲁萨阿塞特出生在三角洲，三角洲的形状就是一朵盛开的莲花，那儿长满了纸莎草，真是完美。阿塞特和赫鲁萨阿塞特教会人类享受莲花香水和精油。赫鲁萨阿塞特和蛇女神瓦吉特教会人类了解纸莎草的各种用途。人们编织芦席、篮子、草鞋、毯子。他们制作的纸莎草绳，可以在床上用，也可以拴牲畜。他们用纸莎草做燃料来做饭、取暖，用烧尽的草灰治疗口腔溃疡、眼睛发炎和皮肤病。纸莎草茎的下部可以生吃，或烤了吃。他们还学会了造纸，在特胡提的指导下，在纸卷上写故事，藏在胸口。为了发展商业，他们建造船只。埃及树很少，所以要靠芦苇船提供便宜的水上运输。这些轻便的小船顺流北上，由船桨和篙杆助力；南下时升起船帆——自然多由芦苇编织而成——乘着地中海来的风，快速掠过，尽管是逆流。

尼罗河里到处是河马和鳄鱼，由女神塔沃瑞特和鳄鱼神索贝克掌管。这是一个值得敬畏的神圣家园。乌西亚成为地府的统治者后，他让女神沙提——赫努姆的妻子，用来自尼罗河源头的水净化尸体。

制作纸莎草纸，要把纸莎草根茎一根根并排放置敲打。第二层以正确角度铺好，再次敲打。纸莎草中的糖分会把根茎粘在一起。

也难怪古人们会在白城（孟菲斯）、优努（赫利奥波利斯，今开罗）和德拉（尼罗波利斯）建造尼罗河神庙，就好像大河本身就是一位神。

特胡提

托特

智慧之神

特胡提（托特）
智慧之神

做瑞的舌头可不容易，特胡提深有体会。别人都把他的话当作瑞的本意，就好像特胡提只是一个工具。

事实是，没有特胡提，瑞一天都过不下去。当曼捷特驶过天空时，特胡提站在船头，瑞从一个比粪团里刚孵出来的圣甲虫大不了多少的新生儿，变成像老鹰一样强壮勇敢的年轻人，再到随风飘摇的老人。所以，特胡提为船把舵的责任随着日光渐暗变得越来越重大。

哦，特胡提并非一个人肩负这项工作。玛阿特，宇宙平衡的精神，瑞的孩子，也驾驭着这艘船。尽管女神玛阿特只是一个概念，但她会帮助特胡提处理各种任务。特胡提热爱玛阿特这个伙伴。在某种意义上，他们也是夫妻。

有时候，其他人也会上船——神、动物——但只是作为乘客，搭个顺风船。

野兽阿佩普出现在我们最可怕的噩梦中。对瑞而言，阿佩普同样可怕，因为他每天晚上都会出现，威胁瑞沉船，从而让时间终止。

夜晚，玛阿特和特胡提一起负责一项可怕的任务，那是在老者瑞坐着麦塞克泰特穿越地府杜亚特十二洞穴，由西向东行的时候。饥饿的蛇形怪兽大量出没于水中，老者瑞

身心都那么虚弱，无法战胜怪兽。玛阿特负责监视怪兽，特胡提负责掌舵绕行。

但是，每天晚上，当他们到达第九洞时，阿佩普就会发动攻击。阿佩普是你能想象到的最可怕的生物，没有眼睛、耳朵、鼻子。没有什么会让这个几乎没有感知力的恶魔害怕。他的呼吸就是恐怖的狂吼。每夜，瑞、玛阿特和特胡提都会和阿佩普作战，直到阿佩普把毒汁喷进瑞的眼睛；然后特胡提把瑞的眼睛擦干净，这样瑞就能用矛刺破阿佩普的铁鳞片，刺进他无情的心脏；这野兽的血就会喷啊，喷啊，直到把天空染成玫瑰色，那就是瑞重新出现时黎明的背景色。

特胡提歌唱他的胜利，就像狒狒在日出时歌唱的样子。有时候，他唱得那么忘形，自己也变成了一只狒狒。

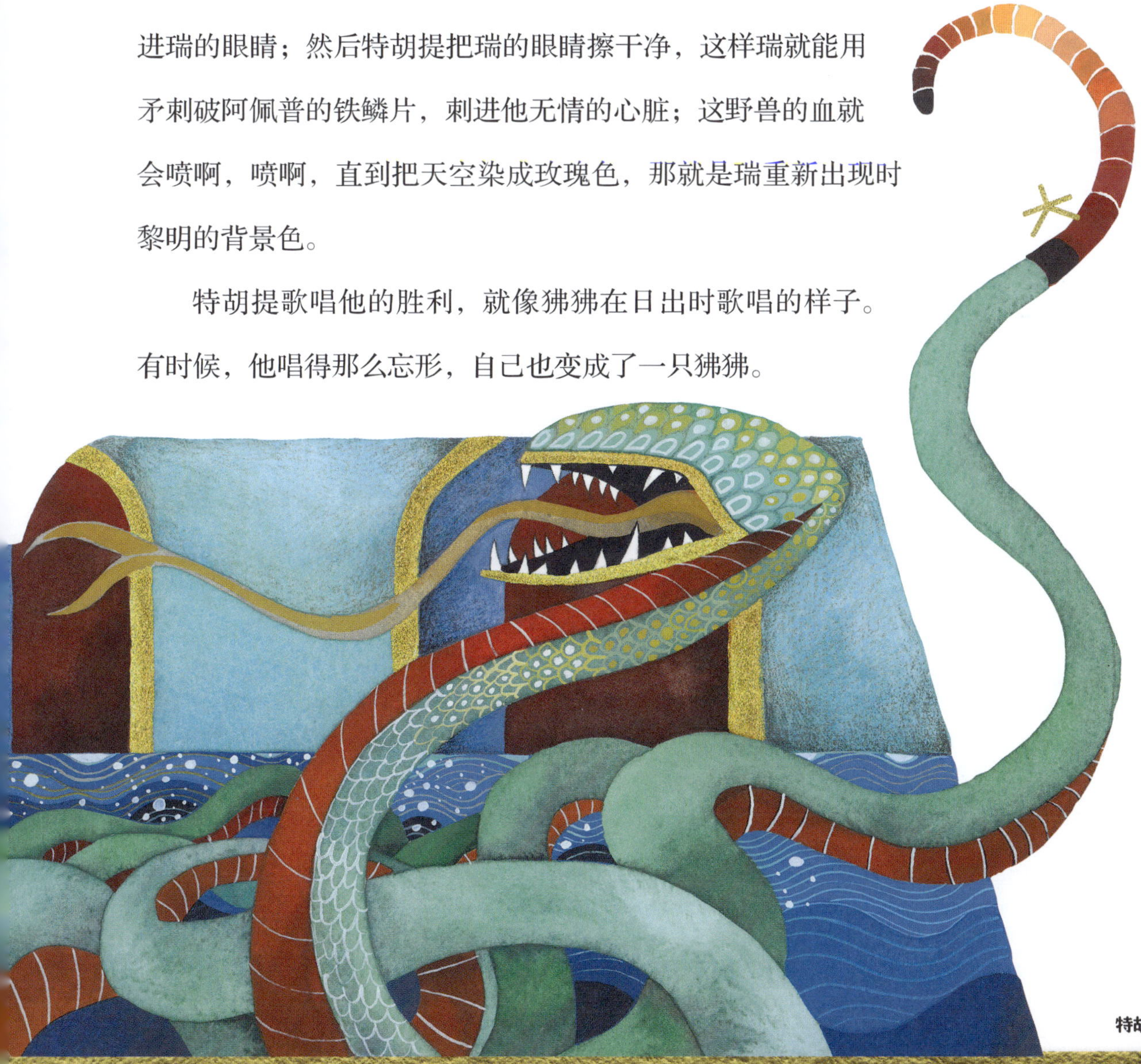

塞特声称是他每天晚上跟阿佩普作战，这个骗子！征服黑暗，迎来光明——这一切都靠特胡提。

特胡提不仅确保了每天的循环往复，也让每年的轮回继续。一开始，一年有 360 天，“虚无之水”中的水没有生命。但是特胡提和月亮神孔苏玩了一个高风险的骰子游戏。他赢了，获得了七十二分之一的月光：等于五天时间。在这几天里，“虚无之水”孕育生命；最早的一批神被造出来。为了感激孔苏，特胡提把自己的鹮嘴弯成新月的形状。

因此从某个角度来看，特胡提才是宇宙的创造者，而不是瑞。特胡提当然永远不会这么说。但事实就是事实。

特胡提服务所有需要他的人。他也知道什么有可能出错——他听到等待中的混乱幽灵正静静舔着自己的食物。他们的胃口永远不能被满足。

在瑞拒绝向泰芙努特表达对她的珍惜后，是特胡提说服泰芙努特回到埃及。他凭理智说话；有这点就足够了。

是特胡提，一直是特胡提，在解决问题——无论是什么问题。当塞特把乌西亚撕成 14 块，而阿塞特只找到 13 块时，特胡提悄悄告诉她让乌西亚完整复活的声音，让他们有足够时间孕育赫鲁萨阿塞特。然后他保护怀孕中的阿塞特。在赫鲁萨阿塞特和塞特争斗的 80 年中，特胡提保持力量的平衡。如果一个严重伤害了另一个，特胡提用语词治愈那个受重伤的。有一次，塞特挖出赫鲁萨阿塞特的眼睛，是特胡提帮他几乎复

象形文字记录

刻有古埃及象形文字及其他文字的罗塞塔石碑

象形文字中的税收记录可追溯至公元前3300年，还有很多更晚期的象形文字记录，但学者起先无法破译这些记录。1799年，学者们研究了一块平行刻着古希腊文、晚期埃及世俗文字，以及象形文字的石板。前两种文字帮助破译了象形文字。有些象形文字是代表声音，有些代表意义，还有一些是区分同音词。这就是象形文字难以破解的原因——它很复杂。

原了完整的眼睛，除了一小块地方；还有一次他让伤势严重、奄奄一息的赫鲁萨阿塞特重新活了过来。特胡提恢复秩序，那是底线。他尊重玛阿特。特胡提是智慧之神。

特胡提出于智慧给了人们高谈阔论和祈祷的词汇。他给了他们象形文字，为了记录什么时间、什么地方、为什么、什么样、谁——保留历史的痕迹。他教人们用数字计算天空、星星、地球和其中一切的布局，掌握天文学。他帮助人们客观地观察，这样他们才能获取知识——而不仅仅是想象；他给了他们科学。

我们也许会总结说，特胡提是最重要的神——因为智慧难道不是最重要的德性吗？如果你这么说，特胡提也许会同意。但他永远不会这么说；因为他太睿智了。

赫鲁维尔

大荷鲁斯

埃及的带翼日轮和守护神

赫鲁维尔（大荷鲁斯）
埃及的带翼日轮和守护神

起初……啊，太多故事都是这个开场白。他们说起初只有水。什么？起初什么其他东西都没有。你能想象吗？

可以吗？真的能想象出来吗？无的概念让我们大多数人都很困惑——事实上，它就是混沌。我们用水来代替混沌，因为我们都知道水对生命至关重要。我们假装起初只有巨大无形的“虚无之水”。接下来有了热和光，当然，是以太阳神瑞的形式。瑞说他很快就有了九个后代：舒和泰芙努特，他们的孩子盖布和努特，以及他们的孩子妮布胡特、塞特、阿塞特、乌西亚和赫鲁维尔。

但是，赫鲁维尔会告诉你一个不一样的故事。

不过，换个视角来看看。赫鲁维尔——大荷鲁斯，这个名字是怎么回事？听起来就好像这个神一直都没有名字，直到他的侄子赫鲁（小荷鲁斯）出生之后，他才被命名。起先这个男孩的名字看起来像是对尊贵的叔叔致敬。但是，后来赫鲁萨阿塞特和塞特打了一场旷日持久之战，为自己立下威名——让他的叔叔大荷鲁斯黯然失色。

当人们谈到赫鲁，赫鲁维尔不知道他们说的是他，还是他的侄子。多么讨厌！他的兄弟姐妹们或名垂千史，或遗臭万年。可赫鲁维尔却被比他年轻的赫鲁萨阿塞特的阴影所遮盖。

万事皆有缺憾。

创世故事中的缺憾最大。赫鲁维尔感觉自己很苍老。也许他的前世是一位战神，在时间开始之前，在不是埃及的什么地方。他的心属于海的那一头，靠近高山和大河，也许是东方的内陆，某个其他的世界。

可是，在这里——在这个世界里——无人在意他。泰芙努特抱怨没人珍惜她，大发脾气，几乎把埃及烤焦。结果是她获得了“最尊贵的陛下”的称号。特胡提抱怨没人珍惜他，尽管是背着瑞。然而特胡提可以乘坐瑞的船——还有比这更尊贵的地方吗？比起被自己狂妄的小侄子盖住风头，他们受的那点委屈算什么呢！

事实上，赫鲁维尔配得上尊贵。他是鹰，在无情的、灼热的沙漠上空搜寻猎物。他是狮子，隐藏在干枯的金合欢树后，然后一跃而起，把不知情的猎物吓得魂飞魄散。他是众神中的王子，悄声指引法老。他是以上三者的合体，狮身人面就是他。

古代世界的诸神

史前散布在埃及地区的人群崇拜自然，在大地、天空、雨、太阳、动物中看到神性。随着古埃及的扩张，新增的村庄会带来新的神祇。那时候，来自入侵者的威胁很少，埃及神话得以独立发展。然而，在既是战神又是和平守护者的赫鲁维尔和巴比伦的涅伽尔神之间，仍然存在相似之处。是否一个起源于另一个？尚无定论。

埃及荷鲁斯神庙的墙饰讲述了众神的故事

赫鲁维尔是天空的脸。当他睁开他的右眼，日光灼灼；当他睁开他的左眼，月光烁烁。是赫鲁维尔在组织时间，而不是瑞。瑞只是坐着船穿过天空。要不是赫鲁维尔击败了塞特的风暴，瑞的眼睛可能都被挖出来了，地球从此永远乌云密布。有些人甚至说赫鲁维尔就是瑞－哈拉克拉提——正午时的瑞，最强壮的瑞。

所以当塞特集结了一支队伍，挑起战争时，瑞明智地向赫鲁维尔寻求帮助。塞特说，瑞已经衰老，强大的塞特应该成为众神之王。塞特一直都是个傲慢的恶棍。赫鲁维尔迅速赶来保护瑞。况且，塞特还杀了自己的兄弟乌西亚；赫鲁维尔势必要复仇。

赫鲁维尔可不傻。他找到特胡提，要了一个咒语，把自己变成一个带翼日轮。他在塞特的军队头上熊熊燃烧，模糊他们的视线和听力。备受摧残的士兵们以为已被敌军包围。他们互相厮打、暴击、又刺又砍，直到所有人都被杀死，沙漠被染成红色，至今仍然一片殷红。赫鲁维尔在尸体上空盘旋，搜寻塞特，但没有找到。

然后，赫鲁维尔回到瑞身边，他们沿着尼罗河往下。

但是塞特在战场上老谋深算；他还活着，而且保存了一些兵力。他

让这些士兵变身为河马和鳄鱼，攻击瑞的船。善良的河马女神塔沃瑞特用双足行走，还有孕在身，根本没法控制这些假河马。

谁来救援？赫鲁维尔！他预见到会有麻烦，在特胡提的帮助下，他用魔力长矛和铁链武装瑞的手下。他们杀死了河马和鳄鱼。

塞特派出更多河马和鳄鱼士兵。赫鲁维尔杀死了很多，也活捉了一些战俘。他再次变成带翼日轮，追赶剩余的士兵，一路进入沙漠，在那里他又消灭了一些，抓住剩余的。

邪恶而丧失理智的塞特，藏进蛇的身体。

赫鲁维尔保持警觉，以防塞特还要卷土重来。没有人能战胜赫鲁维尔。

这就是赫鲁维尔：埃及的保护神，战神，位于一切背后的力量。

赫鲁维尔变成带翼日轮，他的亮光让塞特的士兵瞎了眼，他们把彼此当作敌人，互相杀戮。

哈托尔

哈特希露

欢乐女神

哈特希露（哈托尔）
欢乐女神

人们喜欢聊天，但往往又没什么可说的。然而有时候，闲聊会从无聊变成瞎聊。太阳神瑞是领袖，常常成为大家消遣的话题。他们听说瑞如何跟阿佩普作战——每天晚上他都需要特胡提的帮助才能活着穿越地府。他们听说瑞淌着口水，阿塞特用他的口水做了条蛇咬他，骗他说出自己的秘密名字。

“明白了吧？你还不明白吗？”他们这样说，“瑞已经不是从前的样子了。从前，他战无不胜，机敏狡猾。”

“这已毫无疑问，”人们这样说，“瑞已老态龙钟，既没体力，也没精力。他应该被取代。”

瑞自然怒不可遏。他已经面对过来自塞特的挑战，还争取到了赫鲁维尔的帮助。可是现在他还要被区区人类挑战？是可忍，孰不可忍！他招来他的眼睛——女神哈特希露，去惩罚人类。

哈特希露感觉这是个晴天霹雳。瑞为什么要选她？她毫无惩罚别人的经验。

瑞最初从“虚无之水”中升起，其中的广漠深水有时候迅速流动，形成名为梅赫特－韦赖特的浪潮。每天清晨，梅赫特－韦赖特帮助瑞从冥府的水中升起，进入天空的洪流中，开始新的一天。梅赫特－韦赖特对瑞来说就像一位慈爱的母亲。她是母牛的形态，两个角之间有一个日轮。星星在她耳朵里闪烁。梅赫特－韦赖特高高溅起，亲吻银河——那

所有场合的舞蹈

埃及陵墓上女性在跳舞和奏乐的场景

哈特希露是司管很多事物的女神，包括重要的舞蹈艺术。在葬礼上，古代埃及人排成蛇形队伍跳舞，驱逐邪灵。法老跳太阳舞，他的祭司们跳丰收舞。战士们跳集体舞，假装互相作战。节日和舞会时，技艺娴熟的舞者们会进行表演。普通人也围圈跳舞，为日常的生活欢庆。舞步从端庄行走到杂技动作，应有尽有。

是哈特希露奇特的神采。哈特希露回报梅赫特－韦赖特的爱，受她灵感启发也催动起液体。她把银河中的乳汁倒向赫鲁萨阿塞特，他被他的叔叔挖了眼睛，这乳汁让年轻的赫鲁萨阿塞特重见光明。哈特希露让孕妇肚中的羊水流动，而后喷涌，宣告新生命即将诞生。

妇女们阵痛、分娩、照料婴儿的过程中，都有哈特希露陪伴在侧。她没有取代妮布胡特缓解生产阵痛的角色，也没有取代阿塞特作为生育女神和家庭顾问的角色。相反，她总在做协助的工作。这些女神一起合作，守护女人们的健康和快乐。

哈特希露发现身体的感官愉悦。她喜欢香水，让人们烧没药香敬拜她。香气让人呼吸愉悦，所以人类每次呼吸时都能感受到哈特希露送给鼻子的礼物。

她热爱石头和金属的颜色：绿松石、孔雀石、金子、黄铜。她成为矿工的守护女神，她鼓励人们佩戴首饰，包括奴隶们。她教会女人们把孔雀石磨成粉，涂在眼睛周围，这样看起来很美。这粉末还能防止感染，因此女人们一生都能享受视觉的愉悦。这是赐给双眼的礼物。

哈特希露是弹奏竖琴的能手。她有一条最喜欢的绿松石项链，叫弥纳特。在她跳舞时，项链晃动，发出叮当声，让人们会心微笑。她的笑声也像音乐——是献给耳朵的礼物。

当她的父亲瑞消沉时，她就跳舞，跳啊，跳啊，直到瑞忍不住也露出微笑。她拉起人们的手，教会他们合唱、舞蹈，随着摇鼓的节奏跺脚。这是另一份礼物——献给来自心脏的节奏感。

她给了人们红酒和啤酒，因为她认为酒精能让人们放松四肢跳舞，也让他们忘记烦恼。

从瑞创造她的那一刻起，哈特希露就知道她是被依赖的。她认真倾听；当有人向她祈祷或歌唱，或只是想起她时，她就会出现。

这就是哈特希露：教给女人欢乐的女神。

而现在，作为瑞的眼睛，瑞却要她去报复人类！她不知道从何开始。

但是，关于瑞的难听的谣言也传到她耳朵里，在她脑袋里乱窜，接着沉入她的心脏，砰地炸开，就像“塞赫迈特”——乐器钹发出的声音。愤怒的尖刺扎进她眼睛深处。她的心脏燃起怒火，她的头发变成一头金色狮子的鬃毛，她温柔的面孔变成一张暴怒的脸。

哈特希露狂吼着，追赶那些诋毁瑞的人。他们逃进沙漠，躲在岩石中间。她把他们撕成碎片。她冲进村庄，杀害从未说过瑞一句坏话的人。无辜者的鲜血染红了尼罗河。

那天晚上，哈特希露回到瑞身边。瑞夸奖了她。“我们胜利了，因为你，哈特希露。现在休息吧，你应该好好休息。休息吧。”

但是她没有休息。

她没法休息。

狮子饥饿或者感到威胁时都会大开杀戒。但是这头母狮为了杀戮而杀戮，陷入被愤怒燃起的疯狂中。

塞赫美特

萨赫弥斯

复仇女神

塞赫美特（萨赫弥斯）
复仇女神

当人们开始习惯于说瑞的坏话，叫他“没用的老傻瓜”时，哈特希露担负起保卫他的责任。她杀了那些说瑞坏话的人，然后开始杀死她遇到的每一个人。

瑞很满意。他高高挺立着，风围着他打转，形成一个巨大的漏斗，升上天空，永不停息。此时，瑞还有另一个名字，阿蒙－瑞，胜利之神，战神。强大的瓦瑟特人以英勇善战闻名，他们已经这样称呼瑞很多年了，他们还给他和他的妻子姆特造了一座最辉煌的庙堂。阿蒙－瑞喊道：“继续，继续！”人们必须害怕他，所有民族都必须由他支配。他们必须向他献祭。放弃王位？永远不会！阿蒙－瑞是未来每一位法老真正的父亲。从那时起，他变形为统治者法老的模样，大胆地走进王后安睡的寝宫，让她芬芳迷人……而且还要为他诞下孩子。每个王后都会沉醉在对他的迷恋中。一切都将完美无缺。“软弱的人们”——哈！阿蒙－瑞会给他们点厉害看看。从这一刻起，每个法老都是阿蒙－瑞本人在地上的化身。他们死后，将在空中与阿蒙－瑞相会。没有什么比这更完美了。

而在女神哈特希露的帮助下，这一未来已成定局。她真是了不起。

只是眼下阿蒙－瑞既已大获全胜，他就想让哈特希露停止杀戮。这样的大屠杀连他都看得反胃了。可是，哈特希露却停不下来。哈特希露以母狮致命的速度捕杀猎物。热风拂过沙漠，卷起沙子，揉进人们的血肉中。人们尖叫着，相信这席卷一切的、灼热的风正是愤怒女神的呼吸。现在人们称哈特希露为塞赫美特，强大的女神，恐惧的传播者。

怒火让塞赫美特见血疯狂。她是复仇的化身，死亡似乎被她吸引。无论她何时停下，哪怕只是瞬间，毒蛇就会围住她，往上爬，形成扭曲的脚镯和项链，让看到她的人更觉恐怖。她形单影只。一只骄傲的狮子，却比一群狮子更迅猛无敌。塞赫美特认为这是对的，应当如此，这些人侮辱了阿蒙－瑞，他们就是污泥，他们活该死得悲惨，四肢撕裂，被活活吃掉。当她一口咬断他们的脖子，他们的尖叫也就戛然而止。这是天道正义。让他们的鲜血浇灌庄稼，滋养大地。让他们血流如注吧。

瑞惊恐地看着。如果不阻止塞赫美特，就不会剩下任何人来服侍他了。她这是怎么了？

用来书写《亡灵书》的纸莎草纸，首次兴起于古城瓦塞特

阴间

由玛阿特代表的平衡概念，出现在《亡灵书》上，这本书罗列了灵魂被拒绝进入轮回的原因，包括造成不平衡的各种罪状：说谎、持续哀伤、吹牛、虐待动物、污染河水。然而，社会仍然充满普通人和法老犯下的罪，有些法老因暴虐压迫而臭名远昭。所以哈特希露－塞赫美特的二元性可能反映出：人们意识到要遵循自己的道德伦理有多么困难。

他召集众神和人类，他们一起酿了一桶又一桶最烈的啤酒。七千桶。然后瑞让他们磨碎赭土，碾碎木槿花瓣，压碎石榴，给啤酒加上红色、香气和味道。他让他们加入曼德拉草，让酒更加浓烈——足以让塞赫美特的感官招架不住。他们忙了整整一个晚上。

天亮前，塞赫美特还在睡觉，他们把这种最特别的啤酒倒在大地上。田野里啤酒泛滥，正如尼罗河每年的洪水，然后啤酒也灌满了山谷。

早晨，塞赫美特起身，急着要去捕猎，她的嘴巴流着贪婪的口水，她的心坚硬如岩石。人——她要把他们全都吞下肚去！这时，哦，她眼前有一片新的大海，黎明的天空正反射着海面的红光。她一跃而起，转

血是狮子需要的养分，然而塞赫美特的嗜血远远不止解渴。她已着魔，只有满足她的疯狂欲望，才能解放被囚在狮子体内的哈特希露。

起圈来。这是血流成河了吗？是她昨天的横冲直撞带来的这么多人的血吗？多么令人欣慰啊！

塞赫美特靠向前，看到微微冒泡的水面上映出自己的倒影。狮子鲜红的舌头试探着舔了一口；甜腻的水珠挂在舌头的刺勾上。她又用舌头舔了一下。美味啊！她飞快地啜饮了起来。她啜饮了整个早晨，整个中午，整个夜晚。她已餍足，可她仍然在喝，停不下来。啧啧，啧啧。她的肚子鼓了起来，直到不能再鼓，然后她一阵眩晕栽进了剩余的水坑里。

她慢慢地环视四下。一切都是模糊的，但轮廓逐渐清晰了。她躺在这个烂泥潭里干吗？她瞥到一个影子——在那里，一块巨石后面，有个人在偷看她，然后害怕地飞快躲起来。怎么回事？人们没有理由害怕哈特希露。女神站起身，在血腥的疯狂中裹住她的母狮身体脱落了，就像浓雾在阳光下消失殆尽。

哈特希露向前走着，变回温柔的那一个——瑞值得信赖的眼睛。

但是塞赫美特已经存在了——哈特希露的另一面——瑞喷火的眼睛，正午时分灼烧所有人的烈焰女人。塞赫美特是自从有时间开始，一切恐惧的深渊，而哈特希露则是爱的化身。塞赫美特－哈特希露的这种二元

性仿佛与生俱来。在一起时，她们就是玛阿特所宣扬的自然的平衡；当天道正义召唤时，塞赫美特就会像头母狮一样一跃而起，随之准备和埃及的内外敌人作战，保护埃及。

但她也可以仅仅因为自己想出现而出现。那就是这种二元存在的特点。无序，鲁莽，反常。

而她现在就想出现。她看着瑞，以自己的方式看他，把他看作符合她心意的创造之神。她叫他普塔——瑞的又一个身份。她把他带到白城，和他成婚。白城人相信普塔从巨大的“虚无之水”中升起，创造了世界和对时间的感知，尽管他自己无限无度。他们说每天把太阳赶过天空的是另一个瑞神。他们还说造出人类的神是赫努姆，他在陶钧上用黏土造出人类。塞赫美特觉得这没问题；普塔合她的心意，无论他的能力是什么，无论他是否会被人们误认为其他神。

塞赫美特从远古的“无海”中摘了一朵蓝莲花，把它放到普塔鼻子旁。看哪，他们的儿子涅斐尔图姆从花中走了出来，他的头上总是戴着一朵盛开的蓝莲花、两根上升的羽毛。现在又变成三了：普塔、塞赫美特和涅斐尔图姆——掌管白城的三人组。

花朵当然先于果实存在，但是仅仅因为母亲把一朵芬芳之花放到父亲的鼻子旁，孩子就从花里出来了，这还真是超自然之力。

这感觉很好，很治愈。于是塞赫美特让自己变成医治女神。她可以驱散瘟疫，拯救伤者。

她想多美好就可以多美好。

但是，在她内心深处，一股毁灭的力量始终蠢蠢欲动。

妮特

奈斯

女战神，宇宙的编织者

妮特（奈斯）
女战神，宇宙的编织者

每个故事都远比我们眼睛看到的更丰富。倒不仅仅是因为有些事物是看不见的（很多事物确实如此），也不仅仅是因为眼睛有时候会视而不见（这确实有可能，无论是自愿的还是被愚弄的）。而是因为，故事有那么多面，我们不可能同时看到每个侧面；还因为故事随着时间的演化，一遍遍自我复述，一再发生改变。这种改变最初是人们意料之外的，但最终却让人觉得又是无可避免的。

正因为如此，我们很容易忽视妮特。妮特难以捉摸。她既是她自己，同时也是许多其他男神女神的不同方面。

生命有一个来源。起初，瑞神用语词创造了他自己，太古的“虚无之水”被分开。然而，这种自我创造仍然是发生在“虚无之水”微漾的湿润之中的。努恩（混沌之水）是他的起源。

瑞继续创造他者——以他一己之力，没有伴侣。他是这么告诉我们的。但是，真是这样吗？他真的一直单枪匹马吗？努恩不忍心把剩下的创造工作全都交给太阳神瑞。瑞高大魁梧，声如洪钟，不知疲倦，但也有些反应迟钝。这些特质在很多情况下都可能很有价值，但不是所有的情况。他需要努恩的女性特质的帮助。他需要妮特的帮助。

和瑞一样，妮特也是自我创造出来的——但是，她也有一个起源，她依然来自努恩。她让自己成为智者。毕竟，没有智慧，怎么能做成其他事情呢？

精美的衣物

露天市场上出售的彩色织布

大麻和亚麻都是埃及的本土植物，远在新石器时代（公元前 9500 年左右）就已经被用来编织衣物。古埃及人牧羊，然后纺织羊毛衣物。丝绸（源自中国）来到埃及，至少已是公元前 1 世纪；埃及艳后克娄巴奥佩特拉以喜好丝绸服饰著称。今天的埃及以棉质服装闻名，但棉（源自印度）经过努比亚来到埃及，直到公元 125 年或更晚才开始被使用。

妮特立即因智慧而被尊重。当赫鲁萨阿塞特——阿塞特和乌西亚的儿子——与他的叔叔塞特交战时，有一次妮特被召来做仲裁。妮特站在赫鲁萨阿塞特一边：继承他父亲的王位是他的权利。但是她建议给予塞特补偿：他已经篡位，所以是被迫交出王位，那是痛苦的，赔偿意味着弥补。她说应该把两位叙利亚女战神——阿施塔特和阿娜特——送给塞特做妻子。这当然不是冲突的结束——又继续了很多年。如果塞特不这么固执，服从妮特的智慧，冲突本来是可以结束的。这样看，妮特就像特胡提的一面，瑞的舌头，理性和平衡的捍卫者。

妮特身上自有一种威严感，某种让人肃然起敬的东西。她一心一意要创造，所以她架起织布机——女人最宝贵的财产——织啊，织啊。有人说妮特编织了世界。但是她不需要人们相信这样华而不实的说辞。有

妮特教会女人们操作织布机。埃及不仅以裹木乃伊的薄麻纱出名，那儿的一切布料都举世闻名。时至今日，埃及的织物依然广受赞誉。

妮特（奈斯）

女织工们对她的敬重，她就满足了。作为回报，妮特守卫保护着女织工。这样看，妮特不仅具有努恩和特胡提各自的一面，她也有着温柔善良的女神哈特希露的一面。

妮特以怜悯之心看着织布机，意识到还有一些人是她可以帮助的。所以她织了又织，织出白色亚麻布，缠绕做成木乃伊的尸体。这是她给死者的礼物。她对死者的内脏尤其感兴趣，因为死亡往往是躯体受伤造成的——战争中的伤害。

妮特在意战争带来的伤害，因为她是女战神。“怎么会呢？”有人可能会问，“一个女神怎么能在保护已婚妇人的同时，又带领她们的丈夫走向战争的危险？”但是请注意，尽你所能去思考一下，眼光放长远一些，妮特洞见到永远都会有敌人，永远都会有威胁。战争本身可以是一种罪恶，但也可能是对威胁的回应，战争很复杂。所以妮特也有无情愤怒的女神塞赫美特的一面。

哈特希露和塞赫美特是一个硬币的两面，但她们独立行走，有不同的面孔和名字。而女神妮特恰恰是一枚完整的硬币，善与恶复杂地交融在一起。她也感觉比任何人都更完整，因为在她眼中世界就是这样的——不是一种颜色，不是好坏分明，而是一整个彩虹，

从正派到不正派是一个长长的跨度。

妮特有一个盾牌，有人觉得上面的图案是数字 8，也有人觉得这图案是无限的象征。但是，事实上，它是两只头对头的叩头虫的轮廓。妮特喜欢叩头虫。它不像瑞心爱的圣甲虫那么爱炫耀。妮特喜欢谦虚。但是，更妙的是，叩头虫会给你惊喜。无论何时，它都可以在空中翻个跟头，发出很响的“咔嗒”一声，最终落到离起点很远的地方。妮特喜欢这个事实；毕竟生活充满意外，充满了不可思议，上一分钟还近在眼前的东西，下一分钟就消失在你视线之外，让你拼命寻找了，这让你分辨不清何为现实，何为虚幻。

也许是因为她女战神的身份，但也许不是，妮特也成了狩猎女神。她帮助人们找到猎物，逮住它们。这是她保护婚姻的又一个方式：让家人都能吃饱。

她自己也有婚姻；她是赫努姆的妻子。很快她成了两个儿子的母亲。一个是鳄鱼神索贝克，她满怀爱意地喂养他，可能这也是鳄鱼从未变得残忍的原因。另一个是阿佩普，妮特向“虚无之水”中吐唾沫时，碰巧他从水里出来了。阿佩普立即一头扎入地府的深渊，成为蛇形恶魔，从此每晚攻击瑞的船麦塞克泰特，然后被矛刺穿。他的血溅得到

妮特会哺育……也会惩罚；她生了两个神，一个做了很多好事，另一个却满是邪恶；她是一个混合体，一个意外，要看透她真是很难。

处都是，伤口却可以再次愈合，第二天晚上重新再战。妮特的两个孩子都属于水，这也有道理的——妮特是“虚无之水”的延伸。一个在地上，一个在地下，这也很合理——妮特一直都是个混合体，总是一半这个，一半那个。我们不都是如此吗？

赫努姆

克努米斯

陶钧神

赫努姆（克努米斯）
陶钧神

赫努姆是妮特的丈夫。他们一起住在塔塞尼特城（今埃斯纳）。只是有时候才如此，因为妮特只是赫努姆的众妻之一。

在阿布岛，上埃及的最南端，赫努姆有一个妻子，名为沙提。沙提也不是等闲之辈。作为瑞的女儿，她尤其擅长弓箭，是当地的狩猎女神。赫努姆守卫尼罗河位于地府的源头时，沙提就是他的助手。她提供的帮助非常大，以至于有人说她才是尼罗河的守卫。又因为尼罗河的洪水为次年耕种提供了肥沃的土地，而耕种和丰收又保证了人类的生存，沙提便总是在皇冠上插着鸵鸟毛，骄傲地昂首阔步。她是和哈特希露一样的丰收女神。她的女儿阿奴凯特侍立在她身旁，或者变身为羚羊，飞快地奔驰在美丽的努比亚，阿奴凯特是那里受人爱戴的女神。所以赫努姆在阿布的生活让他非常满意。

在赫维尔镇，赫努姆有另一个妻子：海克特。成千上万的青蛙经常聚集在尼罗河畔，齐声赞颂海克特，它们的创造者蛙女神。赫努姆是伟大的造物主；创造对他来说是信手拈来，因为原材料就在他手边。洪水过后，尼罗河河水退下，留下淤泥和泥灰——黏土的基本成分。赫努姆发明了陶钧，又用黏土造出人类的形体。然后海克特跳了进去，像青蛙那样。她给这些小小的身体注入呼吸，又把他们装进母亲的子宫里，甚至对邪恶的法老胡夫的孩子们她也是这样做的。胡夫正在造金字塔，要胜过他所有的先人，他对自己的人民很不仁慈。然而，海克特很仁慈。

孕妇们知道，是海克特帮助她们体内的生命开始呼吸，她们都依赖她。她们佩戴青蛙护身符，保护自己平安度过妊娠期。快要临盆时，她们就祈求海克特让自己开始分娩，帮助孩子降临。这样看，她很像妮布胡特。赫努姆又一次选对了人——这位伴侣赋予人类呼吸，这样赫努姆的创造才真正变成生命。

而在塔塞尼特城，除了妮特，赫努姆还有两个妻子：蒙希特和妮布图。蒙希特是狮头女战神，与发怒的塞赫美特类似，但她直立行走，散发着热光。她带有白色光晕，像灰泥陶器。与之相对应的是妮布图，附近沙漠绿洲的女神——蒙希特在水中的对应体。妮布图穿红衣，像粉沙陶器。看上去赫努姆似乎是用创造人类的同样黏土创造了这两位妻子，和她们在一起，他可以欣赏自己的创造力。

所以赫努姆很忙碌，要让所有这些妻子幸福快乐。他宣布自己是男

一幅展现父母接受儿子们供奉的画作

家庭和家

古埃及的家庭成员包括父亲、母亲、孩子。法律保护女人的权利，允许她们继承、拥有、转让财产。从左侧的艺术品来判断，我们确信孩子们有人陪伴玩耍，也得到温柔的爱护。很多男人，包括法老，有不止一位妻子，所有妻子和孩子都住在同一个家里，在法律上有一样的地位，和睦相处。

赫努姆（克努米斯）

赫努姆是位贪婪的神，有很多妻子：这里我们看到的是热情洋溢的母狮子蒙希特、红衣冷面的妮布图、司管生殖的蛙女神海克特，以及我们的编织女神妮特。

性生殖力之神，自称为敏。他有公羊的力量和活力。他看上去也像只公羊，或者有羊头 / 羊角的男人。无论他是什么形象，他总是做好准备要让他的妻子们快乐。

然而，从很多方面来说，妮特仍然是他最重要的一位妻子。他们俩几乎是同一位神的男女两面。和妮特一样，赫努姆最初就存在；和妮特一样，赫努姆是很多神的某一方面。和沙提一起工作时，他是尼罗河神，就像乌西亚。和海克特一起工作时，他是大气神，就像舒。又因为他是陶工，他创造了生命，这种职责让他又像瑞。事实上，当瑞创造一切物质时，很多人相信他就是赫努姆的形象。他们称他赫努姆 – 瑞。也许在很久以前的那一天，当瑞走失的孩子舒和泰芙努特最终回来时，喜极而泣的正是赫努姆 – 瑞。也许赫努姆 – 瑞的眼泪混入黏土，才有了最早的人类。也许赫努姆的故事和瑞的故事就是同一个。

索贝克

索克斯

鳄鱼神

索贝克（索克斯）
鳄鱼神

说到吃，在这方面男神和女神都很简朴，或者说，相当无趣。人们有时候为他们奉上精心准备的祭品：成堆的枣子，装在双耳细颈瓶里的葡萄酒，一盘又一盘的烤蔬菜、烤鹅、清炖河鱼，以及大量的糖果。但这都是瞎忙活。神喜欢简单饮食；面包和白开水，一般就够了。

很少有神喜欢蔬菜，那些参加地府杜亚特仪式的神甚至讨厌洋葱。有些喜欢蜂蜜，可也有些觉得蜂蜜很苦。啤酒和葡萄酒也一样。哈特希露在这方面以放纵出名，人们向她祷告时，她会鼓励人们喝酒，这样能让他们放下矜持，更加畅所欲言，尽情歌舞。塞特也有喝醉胡闹的名声，他只是为了寻欢作乐。赫鲁维尔喝酒是为了在战争中更加勇猛。

所有的神都会吃人们从来想不到奉献的东西，因为那是人类无法食用的，比如宝石。他们每天会吃一定量的玛阿特——宇宙的精神和秩序。事实上，玛阿特才是他们的主食。有时候，他们会喝自己的眼泪和汗水。

但是没有哪个男神女神喜欢吃肉。就算他们确实吃了，也很节制，不加盐，而且总是烤过再吃，还会同时吃很多粮食。事实上，他们中有几位对某些肉特别厌恶。比如，瑞永远不会吃乌龟肉，因为他认为乌龟是邪恶的力量，因此也是他的敌人。很多神认为吃肉是粗俗野蛮之举。

只有索贝克是例外，而这也不是他的错。索贝克是一条鳄鱼，鳄鱼喜欢吃肉，最好是生吃。他没法控制自己；他天性如此，就像他有一个

食物种类

石榴自古以来就被种植，至今仍被食用

古埃及的穷人靠吃全麦面包和喝大麦啤酒为生——它们是很好的营养源。其他人则根据自己的谋生手段获取食物。有人喜欢洋葱的味道。靠山吃山，靠水吃水：渔夫吃河鱼，猎人吃野味，动物饲养者吃绵羊、山羊、鹅、鸽子，农夫吃无花果、枣子、石榴、葡萄、莴苣、大蒜、洋葱、大葱、萝卜、菊苣、瓜、黄瓜。富人吃的东西没有限制。那么为什么众神对他们自己的饮食如此苛刻？谁知道呢！

尾巴，一个大下巴和带爪子的脚，都是本性而已。从一开始就是这样的。

他诞生在在原初水之中。好吧，当然了——他毕竟是只鳄鱼。女神妮特，混沌的“虚无之水”的延伸，她生下两个属水的儿子：蛇形恶魔阿佩普，一出生他就沉入地府杜亚特，每天晚上，瑞穿越大河向黎明前进时，阿佩普就会攻击他；然后就是鳄鱼索贝克。然而，索贝克和他的哥哥阿佩普不一样，他没有一生下来就离开母亲。相反，他黏着母亲，就像孩子会做的那样。妮特抱着他，像母亲会做的那样。母亲很爱他，他也很爱母亲。所以索贝克的天性是两种几乎相反事物之间的平衡，他既贪婪地想吞噬血肉，又明白是爱让人们永不分离。

索贝克早年曾因为一次随意的善举而赢得了众神的信任。赫鲁维尔游过“虚无之水”，于是水中升起一朵蓝色的莲花，开花后生出四个儿子：

索贝克喜欢肉的味道，正如所有的鳄鱼一样，然而当他背着赫鲁维尔的四个儿子过河时，却控制了自己的本能，直到把他们安全送上岸。

哈皮、杜阿木忒弗、艾姆谢特和凯布山纳夫。身处深水中央，这四个少年神很无助。索贝克绕着他们打转。他情不自禁地注意到他们胖乎乎的小胳膊小腿、软绵绵的肚子，还有新鲜的血液。想到他们多汁的器官，他的嘴巴肯定都流口水了，他的鼻孔肯定都张开了。然而他却紧紧闭住那张有力的大嘴，献出自己的背，把男孩们安全运上了岸。毕竟他们还是孩子，而他自己也曾是个孩子，被抱在怀里——就像他母亲喜欢闻的椰枣，她放在脸颊旁的石榴。谁知道呢？这四位神最后担当起守卫装死者器官的容器的职责，也许就是为了向索贝克致敬吧。

然而，其他时候，索贝克的嗜血却只会让他自己大出洋相。在古代，不同民族的神之间常常会起冲突。在某一个这样的古代时期，索贝克闲逛时遇到一队敌人。在他看来，形势非常有利：他可以尽兴饱餐一顿，

同时打败埃及的宿敌。他把他们全吞进了肚子，没留下一根骨头、一滴血。但他没有吃掉敌人的脑袋，这样就可以向其他埃及男神女神们炫耀战果，享受他们的赞誉。索贝克回到家，众神看他走过来，一眼看到他的战利品，就都厌恶地大喊起来：“不要啊！别让他吃这些脑袋！给他面包，给他面包！”可怜的索贝克懊丧极了。因为本性而受责备，这就是他的命运。

那一次索贝克没有因为自己的野蛮行为而被惩罚。然而另一次，他就没这么幸运了。塞特杀了他的兄弟乌西亚，把他撕成 14 块，又把这些碎块抛在各地和水中。索贝克，这位了不起的沼泽神（鳄鱼神），很自然地就撞到了一块。他打量着漂在那里的一块肉。显然，乌西亚已经死了，所以这么一小块对他来说也没什么用了。谁会在乎呢？这食物让他垂涎欲滴，所以他就把它吃了。咔嚓，吧唧，没了。

阿塞特收集了乌西亚的 13 块身体碎块，但是找不到最后一块。一条蛇告诉阿塞特那一块被一只怪物吃了。但是索贝克不是怪物，他只不过是一条鳄鱼，当然也是饥饿的食肉动物——但心肠不坏。一个已经死了的神，也就吃了一口，这能有多少邪恶成分？这个行为是贪食的结果，不是邪恶的结果。

但是，男神女神们的看法跟索贝克不一样。作为惩罚，他们把他的舌头割了。直到今天，鳄鱼的舌头仍然发育不完全，除非一只鳄鱼把嘴巴张得特别大，否则很少有人能看到鳄鱼的舌头。

索贝克后来背着阿塞特和乌西亚的儿子，男孩赫鲁萨阿塞特，穿过沼泽地。或许这也是为吃了男孩父亲的一块肉而赎罪的一种方式？

再后来，青年赫鲁萨阿塞特为了他父亲的王位和塞特打仗，索贝克表现得特别友善。在战争的某一刻，赫鲁萨阿塞特的母亲阿塞特把儿子的手给砍了，因为男神女神们常常一时愤怒、冲动，就乱来一气。她把儿子的

索贝克吃了漂浮着的一块乌西亚尸体——对鳄鱼来说纯属无辜之举。但他因此受到严厉惩罚：众神割了他的舌头。

双手扔进水里。瑞派索贝克去找回来。索贝克找啊，找啊，被河水激流搞得晕头转向。然后他想到一个做罗网的主意，很快就把砍下的手还给了赫鲁萨阿塞特。

各地的渔夫们看到这个罗网，也照样做了用来捕鱼，从此兴旺发达。索贝克成了他们的保护神。又因为他是沼泽神，是一切农业繁荣之源头尼罗河里最凶猛的生物，索贝克也被看作丰饶之神。另外，不知什么原因，索贝克也成了帮死者恢复视觉的神。

总而言之，他让人畏惧，因他是肉食者；他受人爱戴，因他是仁慈之神。

巴斯泰托

巴斯特

猫女神

巴斯泰托（巴斯特）
猫女神

宇宙充满动物。但是一些要优于另一些。

公牛，远古的巨型野牛。它们起源于印度，一千年的时间里，它们一路奔驰，到达非洲和欧洲。它们体型巨大，比一个人站在马背上还高。它们里尔琴形状的角向前伸着，最适合把攻击者顶飞，或者把他刺穿。

母牛和小牛是红色的，但公牛浑身墨黑，只有脊柱处有青灰色的一长条，显得格外庄严，这意味着公野牛是所有野兽中最致命的，甚至骄傲如狮子也无法挑战一头巨型野牛。捕猎巨型野牛要么出于了不起的勇气，要么就纯属愚蠢。要驯服它们需要付出极大的代价和耐心。

这就可以理解为何瑞和普塔会随意变身为公牛了。他们喷着粗气，抓挠地面，提醒所有人他们有多么力大无穷。变身的能力还真是个好东西。

归根结底，所有的神都有类似的身体构造。他们全都是由宝石组成的：骨头是银；肉是金；头发是青金石。但是神也可以呈现别的颜色，因为他们要给人不同的联想。乌西亚的皮肤是黑绿色的，让人想起尼罗河洪水结束后留下的肥沃土壤。当瑞感觉意气风发，自称阿蒙－瑞，双手和脑袋都喷出旋转的气流时，他的皮肤是蓝色的，这样人们就会想起飓风的破坏力。

很多神带着相同的物件——一只手中是瓦斯权杖，底部是鱼叉形状，用来捕蛇，另一只手握着安可——顶部是环状的十字。不过也有少数几位神带着独有的物件，比如特胡提的抄写板，或者带有显示神本性的物件，比如女神妮特或战神门图手中的弓箭或者权杖。

然而，神向人类显形的方式并不完全一致。神变身的能力意味着，有时候人们意识不到自己身边的人是一位神，直到某些奇迹发生。

有些神会尽量克制不变身，只以人形示人。大多数更古老的神都是如此——舒、努特和盖布。盖布的头上常常顶着一只鹅，但他不会变身为鹅。即使是妮布胡特和阿塞特，盖布和努特的女儿，也只以人形出现，尽管有时候阿塞特会戴上翅膀。

还有些神只以动物形态出现。女神海克特，赫努姆的妻子，是一只青蛙。白城崇拜一个公牛神，名为哈普，是普塔的使者。下埃及崇拜蛇

巴斯泰托女神的青铜雕像

动物崇拜

很多古老的文化崇拜动物；有些学者认为那是受埃及的影响。尽管如此，埃及崇拜那么多动物实属特例。学者们常说此类崇拜缘于恐惧。也许通过向鳄鱼、河马、狮子、蛇祷告，人们可以免遭来自这些动物的危险。但是猫或青蛙又是怎么回事？也许巴斯泰托能抵御疾病，因为猫擅长抓捕虫、鼠。也许青蛙意味着当地有足够的净水，因为青蛙生活在淡水中。

这些神聚在一起，就像一群时髦又骇人的动物和人类。不过猫咪巴斯泰托与众不同，总是那么亲切、有益、无害，多好啊！

女神瓦吉特。

有些神是多种动物的合体。女神塔沃瑞特有河马的身体和头、狮子的四肢，有时候她长一条鳄鱼尾巴，其他时候她背上驮着一条鳄鱼。

但是很多神都有好几种形象。索贝克是长着鳄鱼脑袋的男子，或者完全以鳄鱼形象示人。塞特可以变成神奇的生物，有着方形耳朵、弯曲的鼻子、叉状尾巴、犬类动物的身体，看似是土猪、胡狼和驴的混合体。但有时候他的身体是人，只是长着这个神奇动物的脑袋。上埃及崇拜的女神奈库贝特，她可以完全是个女人。我们发现随着男神女神们的心情变化，他们可以幻化出那么多动物的头

和身体，公羊、猎鹰、秃鹫、母牛、蛇等等。

但是只有一位女神是一只猫：巴斯泰托。很多神变幻成狮子，人们因恐惧而敬畏他们。但是人们欣赏猫，却是出于崇拜和喜爱。农夫喜欢猫，因为猫保护粮食不受啮齿动物和蛇，尤其是眼镜蛇的侵害。哦，獴也能杀死眼镜蛇，所以马弗德特，獴女神，有时候被误认为是一只猫。但是只有巴斯泰托会喵喵叫。

对于猫，城里人也希望多多益善。毕竟猫让街上没有虫、鼠，而且猫显得神秘，它有时候拒人千里，有时候又可以跟人亲密无间——这种行为让猫为人所珍视。况且，猫喜欢沐浴在万能的阳光下；它们显然是懂得宇宙的。

诸神以各种形态出现：人、动物、两者的合体。有时候他们甚至是好几种形态的混合。想象一下，你看着一只青蛙，然后心想："她是海克特吗？"

富人在他们的猫脖子上挂上金灿灿的珠宝，从自己的盆子里给猫喂食——面包、牛奶、鱼片。猫死了，主人会刮去眉毛服丧，还用香料和药物给尸体做防腐处理，用白色亚麻把它做成木乃伊，为它的永生做准备。杀死一只猫，哪怕是意外，也会被处以死刑。祭司们让猫自由出入庙堂，好让人们想起女神巴斯泰托。位于尼罗河三角洲的帕巴斯特成为法老住处时，一座巴斯泰托的庙宇也在那里建造起来。它不如其他庙那么大，却是所有庙宇中最美丽的一座。一条运河环绕着它，还有一片片果林。每年四月和五月，成千上万的人去帕贝斯特朝圣，满怀崇敬地凝视着巴斯泰托的巨大雕像。女人们摇叉铃，男人们吹竖笛，敲锣打鼓。人们在大街上鼓掌、唱歌、跳舞，到处流淌

着葡萄酒。

这一切都是为了巴斯泰托——一只小猫咪。不过一只讨人喜爱的小猫抵得上一群让人害怕的狮子。

葬礼仪式

准备和审判的重要性

人类有身体，会投下影子，出生时被命名。但是古埃及人相信，生命降临的同时，“卡”也会随之出现。“卡”是身体的复制品，但是没有物质形态。人类还有“巴”。“巴”包含个体的个人能力，几乎就像是个性。它的本质是灵性。

无论生前还是死后，一个人的名字都很重要（看看阿塞特知道了瑞的秘密名字便获得他的能力，就知道了）。活着的人需要记住死者的名字，这样才能保证后者在死后的世界诸事顺遂。所以名字被刻在坟墓外面。在坟墓里面，名字是刻在棺木上的。这个人的雕塑、刻像或画像也是和名字一样展示在坟墓上。

死亡时，“卡”和“巴”与身体分离，但是它们也需要迅速和身体重新结合，因为那是它们的物质依存。“卡”作为身体的复制品，也需要被喂食。人们把食物放在坟墓里，供“卡”食用，以这种方式来给尸体补给营养，坟墓是“卡”的家。“巴”住在同一个家里，但它可以不受限制地到处游走，作为这个人继续存在的不同形式。它使得死者的灵魂有能力离开坟墓，灵性地行走，只要每天晚上回到身体就行。

因此，当人们死后，正确保存他们的尸体非常重要。否则，他们就无法获得死后的生命。葬礼仪式就这样发展起来。

女神沙提，赫努姆的妻子，用尼罗河源头的水清洗、净化尸体。

然后由尹朴接管。他教会人们处理死者的大脑，然后把他们的脏器

沙提清洗每一具尸体，然后尹朴把大部分内脏放进四个卡诺皮克罐里。尸体被裹进妮特的亚麻布中。这样他们的身体才做好了接受审判的准备。

放进罐子里——卡诺皮克罐。他有四个帮手——赫鲁维尔的四个儿子，他们出现在“虚无之水”中的一朵蓝色莲花上，鳄鱼神索贝克把还是婴儿的他们安全送上岸。他们如今已长大成人，但是还没有自己管辖的范围。尹朴喜欢他们，因为他心爱的姨妈阿塞特喜欢蓝色莲花。尹朴让长着人头的南方之神艾姆谢特掌管肝罐，让长着狒狒脑袋的北方之神哈皮掌管肺罐，让长着豺狼脑袋的东方之神杜阿木忒弗掌管胃罐，让长着鹰脑袋的西方之神凯布山纳夫掌管肠罐。每一位都坐在他掌管的罐子上，守卫着罐里的东西，死者如果被迎入杜亚特就会需要这些内脏。

妮特为制作木乃伊提供亚麻布。尹朴教会人们让尸体脱水，再裹进这些细布条里保存。在这片常年刮着干燥热风的沙漠大地上，这是一个顺其自然的习惯，风会把尸体吹干。

但是骨头、肉和器官不是唯一值得关注的问题。人死后会失去声音。没有人比阿塞特更懂得声音的力量。通过声音的神力，她让死去的丈夫

乌西亚重获生命。通过语词的魔力，她从瑞那里偷来了统治大地的权力。所以，阿塞特会把能让死者张嘴的神圣词汇悄悄告诉庙堂祭司，这样他们就能在死后说话了。她盘旋在空中，确认祭司正确地主持仪式，然后她再陪伴死者去往杜亚特。

哈特希露站在一棵无比稀有的无花果树的罕见树荫之下，当疲惫的旅行者到达杜亚特，她就递给他们水喝，或者如果他们想喝，她也会给他们无花果的奶汁。这些时候，她会感觉这一切归功于“伟大母牛”梅赫特－韦赖特对她的启发。因此，哈特希露服侍死者时，常常呈现奶牛的脑袋。

妮布胡特也和死者一起坐在葬礼船上。她最重要的任务是安慰死者的家人。她知道如何尖声凄惨地哭泣，就像鸢在鸣叫，她为妇人失去了一位温柔的丈夫而哀悼。她教会人们如何正确长久地哀恸，然后把悲伤倒空，让肺里充满干净的空气，继续生活下去。

赫鲁萨阿塞特加入这送葬的队伍，陪伴死者直到接受审判之地。在

他身边的当然是尹朴。

一旦进入杜亚特，死者就由特胡提和乌西亚，还有蓝色莲花里诞生的四胞胎神看管。这样就都到齐了：乌西亚、阿塞特、赫鲁萨阿塞特、妮布胡特、尹朴。家庭大团圆——尽管其中的微妙曲折只有妮布胡特知道。

葬礼船把尸体载到特胡提和乌西亚那里，他们会取出心脏，称重，将它与一根羽毛的重量相比。心如果很轻，意味着幸福的死后生活。心如果很重，意味着要被阿米特吞噬。

在这一刻之前，尹朴一直小心翼翼地让死者的心脏保留在身体里。心脏是最重要的器官，智力、记忆和道德的中心。来杜亚特的一路上，尹朴都在思量这颗心对神知道多少，有多忠诚。现在他把心脏拿出来，放在天平上，将它和一根鸵鸟毛的重量相比。

鸵鸟毛里有什么？宇宙的平衡，神性秩序，太阳的升起落下，尼罗河的潮起潮退，星辰的图案。每个人都有保护这一秩序——玛阿特——的责任，因为如果他不这样做，混沌就会接踵而至。羽毛本身是玛阿特

名字的象形文。

如果一个人没有犯过搅乱自然秩序的罪，他或她的心脏就会轻如鸵鸟毛。如果不是这样，天平中心的这一边就会下沉。

乌西亚观察天平。他忠于自己的誓言：只要人们曾努力去过算得上平衡的生活，乌西亚就会接受他们进入地府，他们的“巴”就会变成空中的星星，朋友和家人都能仰头看见。

但是一颗沉重的心会导致其主人的第二次死亡，这由特胡提记录。邪恶的心被扔给阿米特，一个鳄鱼、河马、狮子的混合体生物——天谴的象征。阿米特从一条火河中升起，吞掉邪恶的心。

伊姆霍特普

伊姆特斯

医药和建筑之神

伊姆霍特普（伊姆特斯）
医药和建筑之神

人类会死。神也可能会死；塞特杀死兄弟乌西亚时证明了这一点。但人是规律性死亡——这是他们的命运。不过，如果人活着时表现良好，那么死后就有永生的机会，只要他们的身体根据精确的规则保存，包括做成木乃伊，还有恰当的葬礼。富人建造特殊的坟墓，名为马斯塔巴。这些坟墓里放满了陪葬食物，这样死者就不会饿肚子。

埃及地区的主要领袖——法老，最最需要确保自己的身体被好好保存，因为死后他将以神的形态重生——带着神的全部能力永远活着。女神海克特，赫努姆的妻子之一，会帮助死后的法老们，向他们指明通向天空之路。

所以法老们开始建造配得上一位神的坟墓。他们的马斯塔巴位于地下，有一个隧道迷宫，通向位于中央的大理石厅，死者的尸体就放在那里。这个房间下面是带储藏间的长廊，全都装饰着美丽的蓝色釉面瓷砖。马斯塔巴的外部用砖和泥砌起来。法老们在坟墓外面竖起高高的石碑——顶部很尖的大柱子——上面有相称的雕刻，比较典型的是鹰。这些高耸的建筑，这些适宜的坟墓，是法老们死后的住所。

伊姆霍特普生活在第三王朝，受过良好教育。他不停地学习，把一群抄写员聚拢在自己身边，他们谈论宇宙的本质，以及自然世界的运作。伊姆霍特普对人体构造——身体运作的方式了解很多。他是一位医师，

古代医学

古埃及的医学与宗教和魔法相关，因为医师就是祭司。然而，医师并非只依靠符咒和魔力。他们在自然界中搜寻药物的源头：蜥蜴肉、蝙蝠血、鳄鱼粪、耳屎、狮子脂肪。古埃及人是有机疗法的先驱。医师们也用植物提取物制药，包括蓖麻和菖蒲。他们意外地发现了一些重要处方，比如把蜂蜜用作抗菌药涂在伤口上。

在古代，蜂蜜是一种重要的药物。

从植物中提取汁液来制药。他拔掉坏牙，为病变的器官做手术。他教会其他人了解血液如何在身体内循环，每个器官有什么作用。伊姆霍特普对人造物——工具、家具和房屋的结构也所知颇丰。他也教授关于这些东西的知识。很快他便有了智者的名声，成为优努城（今开罗）的一位大祭司。

那对埃及来说是很艰难的一段时间。尼罗河有整整七年没有涨潮溢出河岸了。农民们开始绝望，因为没有洪水，土地会变得贫瘠。种子没等种下去就已经干瘪。很多种子开始生长了，却因为缺乏营养和水而死去。收成很少。老人们只能靠墙坐着，能不动就不动。孩子们在哭号。年轻人因饥饿跌跌撞撞，勉力维生。生命的脆弱和易碎从未如此触目惊心。

这些马斯塔巴的砖块来自尼罗河里的淤泥，人们把它们整形成砖块，在太阳下烘干。画内墙上表现的是典型的休闲活动，常常是死者生前最喜欢的。

学者祭司伊姆霍特普全力以赴，他思索着马斯塔巴，思索着时间的流逝，风雨的侵蚀作用。他忧心如焚。马斯塔巴的砖泥被埃及的烈日烘烤干硬，但是砖泥终究只是砖泥，它们最终会粉碎。一个不能永存的法老坟墓又有什么用呢？

于是伊姆霍特普征求法老尼特杰里赫特——他更为人熟悉的名字是左塞——的意见，他要建造一种新型坟墓，把马斯塔巴一个个叠起来，上面一个总是略小于下面一个，这样它们就像台阶一样上升。这一切的关键在于要用石头来建造。毕竟，下埃及盛产石灰岩，尤其是海岸附近。在首都白城附近采石灰岩，然后在靠近萨卡拉的墓场（大型墓地）建造

左塞的阶梯金字塔是同时代最高的建筑物。高约 30 英尺（约 9 米）的墙围住金字塔，地表面积几乎等于一个城镇，还建有庙宇和庭院。

石墓——阶梯型金字塔——是可行的。石灰岩呈白色，磨光后会反射太阳的光亮，这样人们在很远处就能看见高耸的金字塔的光辉；而且石头金字塔将向诸神致敬，也许他们就会结束这场可怕的饥荒。

这是个创新性的主意。怎么才能用巨石来建造一个大金字塔呢？靠什么来防止它因重量而倒塌呢？伊姆霍特普从一个普通的马斯塔巴——由砖泥房间环绕的花岗岩内室开始。他把这个马斯塔巴嵌入一个四层金字塔，每一层都是石灰岩建造的，最后把它加高到六层。前往首都的人们离目的地还有几天的路程，却已经可以看到金字塔了。

这些阶梯金字塔建得越高，它们看上去就越像通往天堂的梯子。从此，不同的法老家族、不同的朝代，对王室的死后人生信心十足。而这些阶梯金字塔也为后世熟悉的表面平滑的金字塔铺平了道路。

建造阶梯金字塔的功绩如此卓越，伊姆霍特普的名字在全埃及变得神圣，大约 2000 年后，他被尊为神——医药和建筑之神。伊姆霍特普在很多意义上都代表了古埃及人最杰出的感受力：对神性的兴趣与对身体、头脑和灵魂之需求的关注相结合。

建造大金字塔需要20 000到30 000个劳动力。有些人一年干到头，还有一些是农民，在没法种田的洪水季过来帮忙。

古埃及历史大事年表

至末代王朝

约公元前 7000 年前

最早的定居者来到尼罗河河谷。

公元前 7000—前 3900 年

尼罗河三角洲出现很多村庄部落。人们打猎、捕鱼、从事农业生产。房屋是泥土搭建的小棚。

陶器带装饰性的图案或几何图形，常上色。很多当地神祇被崇拜，他们大多有动物脑袋和人的身体。

公元前 3050—前 2950 年

古代时期（零王朝＊）：

部落国王联合成为上埃及和下埃及。当地神祇被共同的九柱神体取代。这一时期大量的石船被保留下来。(＊零王朝较晚才被发现，在其他王朝排序完成之后，故标记为零）

公元前 2950—前 2575 年
早王朝时代（第一至第三王朝）：

国内及对外贸易繁荣。公元前 2880 年，上埃及和下埃及在法老登统治下统一。

公元前 2757—前 2125 年
古王国（第四至第八王朝）：

金字塔时期。最大的金字塔大约建于公元前 2500 年。

公元前 2125—前 2010 年
第一中间时期（第九至第十一王朝）：

这一时期该地区内战频发。

公元前 2010—前 1630 年
中王国（第十二和第十三王朝）：

又一个统一时期。大约公元前 1800 年，西亚的希克索斯人开始进入尼罗河三角洲东部。希克索斯人带来了新的庄稼和家畜，以及马和马车。他们在第十三王朝末期掌权，导致第二中间时期的开始。

公元前 1630—前 1539 年
第二中间时期（第十四至第十七王朝）：

又一个内战时期。

公元前 1539—前 1069 年
新王国（第十八至第二十王朝）：

统一时期，埃及以南的努比亚被并入。

公元前 1069—前 664 年
第三中间期（第二十一至二十五王朝）：

一个内乱外侵的时期。来自西北方的利比亚人在第二十二王朝时控制了埃及。随后西部的库施人入侵，从利比亚人手中夺过政权。美索不达米亚来的亚述人多次入侵，最后让第二十五王朝灭亡。

公元前 664—前 332 年
后期（第二十六至三十一王朝）：

埃及在亚述人的统治下重新统一，打败了入侵的巴比伦人。波斯人首次入侵，之后再度入侵，统治了最后的十一年。

人物介绍

埃及名：阿塞特
希腊名：伊西斯
称号：莲花女、贤妻良母
象征：形如皇冠的头巾、带母牛角的日盘、无花果树
起源：盖布与努特之女
伴侣：乌西亚

埃及名：盖布
希腊名：克洛诺斯
称号：大地之神
象征：鹅、植物、阴茎
起源：舒与泰芙努特之子
伴侣：努特

埃及名：巴斯泰托
希腊名：巴斯特
称号：猫女神
象征：猫；母狮；叉铃，一种打击乐器
起源：（可能）瑞与阿塞特之女
伴侣：名为普塔的瑞

埃及名：赫鲁萨阿塞特
希腊名：小荷鲁斯
称号：年轻的战神与国王
象征：瓦吉特眼，上面一根眉毛，下面一滴眼泪和一根蜷曲的线
起源：阿塞特与乌西亚之子
伴侣：（可能）蝎子女神塔－比杰特

埃及名：赫鲁维尔
希腊名：大荷鲁斯
称号：带翼日轮
起源：盖布与努特之子
伴侣：（可能）蝎子女神塔－比杰特

埃及名：哈特希露
希腊名：哈托尔
称号：欢乐女神
象征：叉铃，一种打击乐器
起源：瑞的眼睛
伴侣：（可能）瑞

埃及名：赫努姆
希腊名：克努米斯
称号：陶钧之神
象征：陶钧
起源：起初就有赫努姆，也许他是瑞的某一面
伴侣：妮特、沙提、海克特、蒙希特、妮布图

埃及名：伊姆霍特普
希腊名：伊姆特斯
称号：医药和建筑之神
象征：关于医药和建筑的卷轴
起源：他出身人类，是西勒杜－安可（母亲）与卡诺非（父亲）之子，生于白城
伴侣：若弗瑞诺弗特

埃及名：妮布胡特
希腊名：奈芙缇斯
称号：守护女神
象征：木乃伊布、家庭
起源：盖布与努特之女
伴侣：塞特

埃及名：尹朴
希腊名：阿努比斯
称号：木乃伊之神
象征：连枷；伊米乌特神物，没有头的填充动物皮，尾巴绑在一根柱子上
起源：妮布胡特与乌西亚（或可能是瑞）之子
伴侣：安普特

埃及名：妮特
希腊名：奈斯
称号：女战神、宇宙编织者
象征：弓、盾、十字交叉的箭
起源：妮特从名为努恩的巨水中自动升起，就和瑞一样，她是第一位女神（除非把努恩称为女神）
伴侣：赫努姆

埃及名：瑞
希腊名：赫利俄斯
称号：光明之神
象征：蛇环绕的日盘
起源：瑞从名为努恩的巨水中自动升起，他是第一位神
伴侣：瑞的精神与所有事物相融合

埃及名：努特
希腊名：努斯
称号：天空女神
起源：舒与泰芙努特之女
伴侣：盖布

埃及名：塞赫美特
希腊名：萨赫弥斯
称号：复仇女神
象征：日盘、血红色亚麻布
起源：哈特希露的愤怒
伴侣：名为普塔的瑞

埃及名：塞特
希腊名：塞斯
称号：嫉妒之神
象征：瓦斯权杖，叉形底部，顶部是动物首级
起源：盖布与努特之子
伴侣：妮布胡特

埃及名：舒
希腊名：舒
称号：风与大气之神
象征：鸵鸟毛
起源：瑞的呼吸
伴侣：泰芙努特

埃及名：特胡提
希腊名：托特
称号：智慧神
象征：纸莎草卷轴、月盘
起源：瑞的舌头
伴侣：塞莎特

埃及名：索贝克
希腊名：索克斯
称号：鳄鱼神
象征：鳄鱼
起源：妮特之子
伴侣：蛇女神列涅努忒

埃及名：乌西亚
希腊名：奥西里斯
称号：地府之神
象征：钩仗与连枷
起源：盖布与努特之子
伴侣：阿塞特

埃及名：泰芙努特
希腊名：泰芙妮斯
称号：湿气女神
象征：母狮
伴侣：舒

后　记

埃及人崇拜多少神？他们有什么样的故事？这些问题的答案并不简单。旧石器时代，史前社群在埃及很活跃，他们采集植物，吃动物尸体。大约公元前5400年，新石器文化在尼罗河河谷形成，由几个农业文化村落和牧民墓场组成。之后下埃及（包括三角洲地区）与上埃及（直到尼罗河大瀑布）合并为一个有凝聚力的国家。这是指他们不只在文化上统一起来，最终也在政治上统一了。这个国家历史的分期在书里有不同的明确日期，而且这些区别可以大到几个世纪，王朝数目的记录也有多有少。本书提供了一个版本的古埃及年表（第161页），记录了从埃及最早的人类居住信息一直到公元前332年的最后一个王朝。

随后到来的是马其顿时期，公元前332到前305年。这一时期亚历山大大帝征服波斯帝国，也同时拿下埃及。埃及执政官、亚历山大的一位将军托勒密宣布自己为独立王国的国王，建立了托勒密王朝——埃及独立法老的最后一支（虽然是外族起源），马其顿王朝的统治随之结束。托勒密时期持续到公元前30年。马其顿和希腊移民在这段极其动荡不安的时期统治埃及，其间，罗马人介入干预托勒密王朝成员之间的冲突。罗马人把埃及变成罗马帝国的一个行省（公元前30年到公元395年），之后由拜占庭统治（公元395—640年）。

在希腊人接管前近5000年的时间里，很少有关于神的权威且全面的文本，不像古希腊，我们能找到那么多诗人（赫西奥德、荷马、阿波罗多斯等等——不过他们出现得相当晚，大约自公元前 800 年开始），他们的作品一直留存下来。而在埃及，我们只有依靠零星的纸莎草书（卷轴），且往往只有片段，此外还有庙宇和墓穴里的碑文。

埃及文字起源很早，事实上，埃及的税务记录是全世界发现的最早的类文字。类文字是一种基础书写体系，主要由帮助记忆的数字和象征符号组成。类文字被用来做记录，比人们用真正的文字代表说出的语言早几个世纪。我们知道的最早的文字书写大约出现在公元前 3200 年左右的苏美尔。埃及真正的文字也差不多在这一时期出现，也许是受苏美尔的影响。从早至第三王朝的官员墓穴里，我们发现连续性的文本，大多是王室法令。很快关于神的故事出现了，尽管都是缩略版。有些著名文本被称为金字塔文本，它们是由众多抄写员历经前后很多年写成的系列作品，始自古王国时代（第五王朝，在法老乌纳斯的墓穴中发现）。从金字塔文本来看，关于神的新故事的出现并没有取代更早的版本，而是并存，仿佛矛盾之处都无关紧要。到了中王国时代，成熟的文学已经发展形成。新王国时代的一个著名文本名为《亡灵书》，告诉我们有关葬礼的仪式。和金字塔文本一样，这是一个系列作品，有时候内部并不一致。新王国还产生了献给不同神祇的赞美诗。

这枚青铜币显示的轮廓可能是埃及的第四位希腊统治者托勒密四世，也可能是亚历山大大帝——他统治着地中海周围从希腊到埃及的土地。

关于神的更多信息来自赞美诗和刻在古代墙壁上的象形文字的宗教铭文、神的雕塑和画像，以及为崇拜神而建的庙堂。所有这一切意味着古埃及人崇拜的神至少有几百位。

然而，和古希腊或罗马的男神女神不一样，埃及的男神女神没有那么容易相互区分。很多神都被尊为万事万物的创造者。人们向很多女神祈祷在生孩子时获得帮助。不同的神往往让人感觉是同一个硬币的正反

葬礼上的纸莎草文稿形成了《亡灵书》。在这一页上，我们看到心脏被称量。这是在贵族美荷尔佩芮的墓穴里发现的，他死于公元前 1450 年。

面而已。比如，瑞和乌西亚都执掌永恒事物；瑞与太阳从升起到落下的旅程有关，他看似要消亡了，然而又会再次出现，就好像是在第二天的黎明获得了重生。而乌西亚与伴随世上生命而来的无限永恒状态相关。瑞和乌西亚互为补充，一个统治光明中的生命，另一个统治黑暗中的生命——一个在天上掌权，一个在地上做王。只有合在一起，我们才看到一个完整的绝对主权。

埃及的众神如此难以捉摸，错综复杂，到底怎样才能确定下一个名单呢？

古埃及人分布区域极其广泛，尽管由一条尼罗河连结起来，但大多数人一辈子都不会离开自己的家太远。这可能就是为什么只有少数几位神闻名全国。最后，埃及一共有42个行政省（新王国时期），每个省都有很多小村落，每个当地社群都至少有一个独属自己的神。比如，普塔在白城（后来是全国范围）的角色类似阿蒙在瓦塞特城的角色。此外，优努城的阿图姆、塔塞尼特城的赫努姆（他作为丰饶之神时，在赫特-敏城被称为敏）和奈赫恩城的赫鲁维尔，这几位都与瑞在全国的角色有重合之处。有时候这些神会有一位女神伴侣、一个孩子，这样他们就在当地形成一个三人组。比如，普塔与塞赫美特和涅斐尔图姆形成一个圣三人组，阿蒙与姆特和孔苏又是一个圣三人组，等等。由于男神女神们司管的都是完全一样的现象(日出日落，风雨，星辰，月亮，尼罗河的洪水，丰收，顺利分娩，长大成人，生老病死，等等)，以及一样的价值观和技能(神性秩序，公正，农业，书写，编织)，这样放在一起来看，自然会有很多重合的神。有竞争关系的城镇也会有关于创世的互相较劲的版本、不同的神话故事，以及关于人自己的独一无二的故事——所有这一切又都随着时间而改变，人类社会一贯如此。

然而，即便是本地的一组男神女神，也具有共享某些特征的明显趋势。尽管也有神的等级体系——有些更年长，有些更强大或重要，但还是很难找到清晰刻画埃及神个性的故事，只有少数几位是例外——比如塞特、索贝克和阿塞特。事实上，关于神的故事并不多，我们今天听到的大多数埃及神话不是古埃及人写的，而是希腊人写的，很可能已经把他们从埃及人那里听来的故事做过润饰，加入了他们自己对神的所作所为的看法。但是，如果古埃及的男神女神确实不是互相分离的，那么不存在讲述他们各自事迹的多个故事也就合乎情理了。

因此，最好的办法也许不是对埃及的神祇做梳理分类，而是将他们看作一个巨大的整体。这个整体司管宇宙各种各样可测与不可测的事件，因此具有很多不同部分，体现宇宙的规律和无常。从这一观点出发，埃及宗教可能更接近一神论，而不是多神论。

在这本书里，我从能掌握的资料出发，首先是依赖埃及人写的文本，但是也没有刻意回避希腊人的文本。某些主题和意象在古墙、古代雕塑和其他手工艺品上出现得那么频繁，不管记录这些神话故事的人是谁，我如果在这本书里不去使用它们，那就太玩忽职守了。比如，在阿塞特那一章里，发生在库布纳的那部分内容是取自古希腊学者普鲁塔托笔下的一个故事。所以它可能是，也可能不是起源于埃及。但是阿塞特的很多形象都是抱着一个婴儿王子，所以我想把这部分内容呈现给读者。

此外，当我遇到相互矛盾的故事情节时，我的选择是根据审美标准。比如，人类起源有多个版本，很多和眼泪相关。但有一些故事会更复杂，牵涉瑞的眼睛。第一个眼睛在离开时被替代，然后就愤怒哭泣了吗？还是说，第一个眼睛自己出去溜达，瑞就派泰芙努特和舒去找她，然后她是被迫回去才哭的？我选了现在的版本，因为它也许可以追溯到公元前3000年——所以也可能是最古老的一个版本——也因为我觉得它更可爱。

还有一个例子，在某些神话版本里，赫鲁萨阿塞特在塞特把乌西亚撕裂前就已经出生了。但我选的是他在乌西亚被杀之后出生，因为这在我看来更富戏剧性，更深刻沉痛。

还有些时候，神话内部的分歧让我只能自己去做缝补工作。比如，关于尹朴出生的细节不同版本差异极大，有些互相矛盾，有些则完全不提。但有一个共同点是，他的母亲是妮布胡特。我保留了这个共同点，然后为他制作了一个起源，希望也能跟这本书里的其他故事相交融。

最后，还有一些选择几乎是随机做出的。比如，有些神话故事说，守卫葬礼卡诺皮克罐的四个神是瑞的孩子，不是赫鲁维尔的孩子。但是瑞和赫鲁维尔之间本就存在大量的混淆和结合，所以我看不出选哪种说法会有什么区别，而且这个故事更早的版本里出现的似乎是赫鲁维尔。

我也自作主张地添加了细节，让场景更丰富。比如，创世神话中，那个跳跃的节奏引向瑞的心脏，还有阿塞特去库布纳的故事里出现的戴胜鸟。

我一贯且真挚的愿望就是，让这些故事能保留原汁原味的埃及感觉，那是我从参考的那么多资料中所收集获得的一种感觉。

感谢萨米尔·阿巴斯2010年在埃及做我的向导，和我讨论，我们的讨论不仅涉及庙堂和墓穴里的铭文，还有古希腊历史学家希罗多德的作品，以及某些神话的埃及和希腊版本的不同之处。感谢伊恩·摩耶评论我的手稿，为我提供书目来源，向我提出切实又富创造力的意见，给予我温暖且令人振奋的支持。感谢“美国国家地理”的编辑和设计团队的细致工作，包括朴丽亚娜·拉弥可汗、大卫·M.西格，以及珍妮弗·埃米特。

世界上最大的古代宗教遗址——卡纳克寺庙，建于中王国。几个世纪以来多次扩建，其中一些柱子高 69 英尺（21 米）。

图书在版编目（CIP）数据

埃及神话 /（美）唐娜·乔·纳波利
(Donna Jo Napoli) 著 ；（英）克里斯蒂娜·巴利特
(Christina Balit) 绘 ；丁骏译. --南京 ：译林出版
社，2024.5
（国家地理神话故事宝库）
书名原文：Treasury of Egyptian Mythology
ISBN 978-7-5447-9782-5

Ⅰ.①埃… Ⅱ.①唐… ②克… ③丁… Ⅲ.①神话-作品集-埃及 Ⅳ. ①I411.73

中国国家版本馆 CIP 数据核字（2023）第087783号

All artwork by Christina Balit unless otherwise noted below:
3, Willyam Bradberry/Shutterstock; 23, foto76/Shutterstock; 31, Public Domain; 55, Prill/Shutterstock; 61, Shutterstock; 67, Jose Fuste Raga/Corbis; 73, Richard Barnes/National Geographic Stock; 79, Peter Langer/Design Pics/Corbis; 95, Universal Images Group/Getty Images; 99, Frank Lukasseck/Corbis; 105, Sandro Vannini/Corbis; 111, Universal Images Group/Getty Images; 119, Nataliya Hora/Shutterstock; 127, Sandro Vannini/Corbis; 133, mareandmare/Shutterstock; 141, DEA/G. Dagli Orti/DeAgostini/Getty Images; 155, Diana Taliun/Shutterstock; 167, Kenneth Garrett/National Geographic Stock; 168–169, Kenneth Garrett/National Geographic Stock; 172–173, Lori Epstein/National Geographic Stock

著作权合同登记号 图字：10-2022-75 号

埃及神话 ［美国］唐娜·乔·纳波利／著 ［英国］克里斯蒂娜·巴利特／绘 丁骏／译

总 策 划 葛庆文
执行策划 陈 叶 彭 波
执行统筹 彭 波 王 维
责任编辑 刘自然
装帧设计 韦 枫
校 对 王 敏
责任印制 单 莉

原文出版 National Geographic Partners, LLC, 2013
出版发行 译林出版社
地 址 南京市湖南路 1 号 A 楼
邮 箱 yilin@yilin.com
网 址 www.yilin.com
市场热线 025-86633278
排 版 南京新华丰制版有限公司
印 刷 鹤山雅图仕印刷有限公司
开 本 889 毫米 ×1194 毫米 1/16
印 张 11.5
插 页 4
版 次 2024 年 5 月第 1 版
印 次 2024 年 5 月第 1 次印刷
书 号 ISBN 978-7-5447-9782-5
定 价 129.00 元

国家地理神话故事宝库

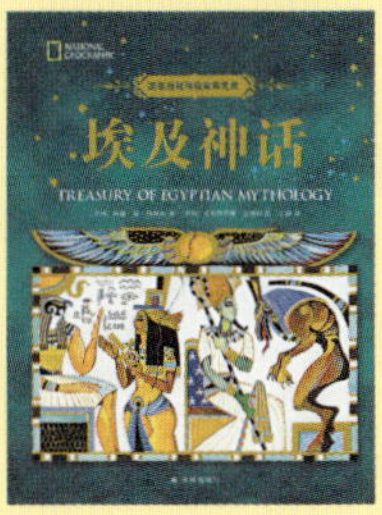

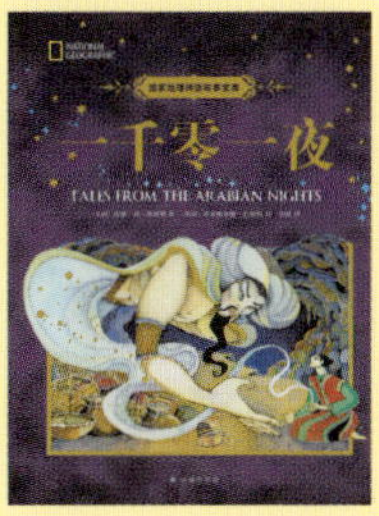

了解人类文明，开启智慧之门

- 扣人心弦的故事
- 清晰生动的叙事
- 科学严谨的知识
- 色彩丰沛的插画

语言学家专为青少年编写，屡获殊荣

- 美国儿童图书馆学会杰出童书奖
- 美国优质童书奖
- 《学校图书馆》杂志年度图书
- 长居亚马逊儿童古代历史畅销书榜

作者简介

唐娜 · 乔 · 纳波利

语言学家、诗人、童书作家，在哈佛大学获得数学学士学位、意大利文学硕士、语言学博士学位，现为斯沃斯莫尔学院语言学教授。她对神话、民间传说和童话有浓厚的兴趣，并长期进行研究，著有七十多部童书，这些作品曾获金风筝奖、美国优质童书奖、父母选择金奖等，入选美国《学校图书馆》杂志年度图书、《柯克斯书评》年度图书等。

绘者简介

克里斯蒂娜 · 巴利特

插画家、剧作家，毕业于英国切尔西艺术学院和皇家艺术学院，已为三十多部童书绘制了插图。作品曾入围英国凯特 · 格林纳威奖短名单，获得英国英语协会图书大奖等。